WHITMAN E A GUERRA FRIA

IBERÊ DO NASCIMENTO

WHITMAN E A GUERRA FRIA

© Iberê do Nascimento, 2024
Todos os direitos desta edição reservados à Editora Labrador.

Coordenação editorial Pamela J. Oliveira
Assistência editorial Leticia Oliveira, Vanessa Nagayoshi
Direção de arte Amanda Chagas
Capa Heloisa D'Áuria
Projeto gráfico Marina Fodra
Diagramação Emily Macedo
Preparação de texto Sérgio Nascimento
Revisão Renata Siqueira Campos

Dados Internacionais de Catalogação na Publicação (CIP)
Jéssica de Oliveira Molinari - CRB-8/9852

Nascimento, Iberê do
   Whitman e a Guerra Fria / Iberê do Nascimento.
   São Paulo : Labrador, 2024.
   160 p.

   ISBN 978-65-5625-650-4

   1. Contos brasileiros 2. Literatura – Santa Catarina I. Título

24-3219   CDD B869.3

Índice para catálogo sistemático:
1. Contos brasileiros

Labrador

Diretor-geral Daniel Pinsky
Rua Dr. José Elias, 520, sala 1
Alto da Lapa | 05083-030 | São Paulo | SP
editoralabrador.com.br | (11) 3641-7446
contato@editoralabrador.com.br

A reprodução de qualquer parte desta obra é ilegal e configura uma apropriação indevida dos direitos intelectuais e patrimoniais do autor. A editora não é responsável pelo conteúdo deste livro.
Esta é uma obra de ficção. Qualquer semelhança com nomes, pessoas, fatos ou situações da vida real será mera coincidência.

SUMÁRIO

CONTOS, ROMANCE, POESIA 7

1\ A OITIVA 11

2\ WHITMAN E A GUERRA FRIA 19

3\ A FADA AÇUCARADA 33

4\ AU CABARET VERT 41

5\ UM LONGHORN 49

6\ AMANITA 57

7\ O COMÍCIO DAS MULHERES 65

8\ OS CÃES 75

9\ DOM SEBASTIÃO E O ARQUÉTIPO 77

10\ PROCURANDO RIMBAUD 91

11\ O SENHOR LACOMBE 107

12\ OS GATOS 111

13\ O DETETIVE JAVERT 113

14\ NICK&BUCK 125

15\ JANIS-BOY 139

CONTOS, ROMANCE, POESIA

ESTE LIVRO PODE SER LIDO DE MUITAS MANEIRAS. É UM LIVRO DE CONTOS ou mais que contos, contos entrelaçados. Ou também poesia? Não é à toa que inicia com o personagem W Whitman, que é um homônimo, mas que age como o original Walt Whitman, o poeta da revolução norte-americana, o poeta dos versos livres, admirador de Abraham Lincoln, que declarou a guerra contra a escravidão naquele país. Só que estranhamente o homônimo vive tanto na época de seu original, quando se encontra com Jean Valjean, de *Os Miseráveis*, do século XIX, em outro continente, como está vivo e agindo nos dias de hoje.

Múltipla no tempo e no espaço, assim também é a escrita de Iberê, não só nesta obra, em que, como em outras, sempre se rebela contra a opressão e a repressão com seus contos que são também poemas de versos livres.

Uma escrita em que se confundem alucinações, sonhos (que não são alucinações), a realidade e um clima de Guerra Fria, para concluir que a guerra vivida pela humanidade não tem nada de fria.

Após a rebelião onírica de Nick&Buck, a repressão real na Revolução Francesa, em que Whitman convive com Jean Valjean e as agruras e sofrimentos da pequena Cosette, seres imortais de *Os Miseráveis*, de Victor Hugo. Estes personagens não são citações, lembranças de um belo livro, mas partes integrantes de uma revolução real, gloriosa, contra a opressão e as perseguições dos nobres e ricos contra aqueles que só tinham o direito e a esperança de viver em paz, sonhar com a felicidade. Portanto, vivem na própria vida de Whitman.

É uma viagem profunda pelos sentimentos humanos, ambientada no complexo mundo com âncoras reais, existentes, como o antigo escurinho Cine Rex, em Florianópolis, na convivência íntima com personagens da melhor literatura universal, personagens tão fortes e imponentes que de fato tomaram vida e caminham entre nós através dos tempos, mas também dos sonhos, os compreendidos e os incompreendidos. Assim como com nossos desejos e necessidades no mundo que ainda não controlamos, onde vemos guerras e sofrimento. Mas em que também vislumbramos, através do caos, à nossa frente, um vale lindo onde prosperam a poesia, toda a literatura, a música e toda a arte, todos os mais belos sentimentos e capacidades humanas. Apesar do caos, surgirá uma chanfrada e inusitada paz para a humanidade.

Como um crisol de realidade e sonhos humanos, sentimentos, dores, experiências, vida e morte, buscas e perdas, tudo em um puro movimento que só pode ser comparado a movimentos das partículas quânticas e seu produto de conjunto. Enquanto houver livros como o de Iberê, isso vai existir.

Seja em "A Fada Açucarada", em que o início detetivesco leva a uma divertida tentativa de introdução de um jovem num mundo subterrâneo, das drogas, através de uma estranhíssima personagem, misturando-se a *magavilha* [sic!] das explicações de uma vendedora de drogas com a coerência do que diz e o espanto do jovem cliente.

Contos permeados de submundo e da mais alta poesia, narrados de modo que se confundem torrentes de pensamento com torrentes oníricas e que vão a Rimbaud e seus poemas maravilhosos. O que nos faz recordar que Rimbaud participou da Comuna de Paris e, exilado, eterno aventureiro, termina a vida queimado pelo Sol na África, comandando caravanas, vendendo armas.

A incrível e triste história da jovem do Cabaret Vert, onde tudo está ensopado de vida real, mas também dos anseios e do amor em um bordel. Ou do conto "Um Longhorn", em que há uma pungente descrição do sofrimento de um povo que perdeu tudo e vive amargurado, mas que vê:

Sonhos são férteis em noites feito esta. Clara em calma no verão.
O mudo almeja falar. Jovens enamorados anseiam uma gleba.
A moça sonha um amor. Homens pedem dias melhores.
Pois que dê cor ao cego.
Pois que dê verbo ao mudo.
Pois que dê terra ao fruto.
Ali se falou dos novos tempos que virão.
Ali se falou de terras para todos e trabalho para todos.
Pequenas labaredas rebrilhavam ao alto,
sinalizando que mais uma safra virá.

Mas este povo, estes homens e mulheres, ainda sabem que o mundo vai mudar, apesar de todo sofrimento. Uma nova safra virá, um novo futuro virá. Um verdadeiro mergulho artístico no espírito humano.

E Iberê descreve tudo isso. Sem nos abarrotar de adjetivos e choramingas, sem panfletarismos. Através da descrição objetiva e delicada, cria as imagens que nos dão a exata noção do que elas causam, e dizem, na percepção e no espírito dos seres humanos como expressão real do que vivemos.

Este livro, como disse, é um livro de contos, mas não só. Há um fio de continuidade. Apesar de que ele pode começar a ser lido a partir do primeiro capítulo, ou do quinto, ou do último, ou em qualquer ordem. Como um romance que se reescreve sozinho a cada leitura.

Seu fio de continuidade é a aventura humana, seus sonhos, seus medos, suas desgraças e suas aventuras, suas esperanças. E, claro, as aventuras de W Whitman e os gêmeos manipuladores de vidas, Nick&Buck, que ele descreve assim:

Comecei a me preocupar quando eles descreveram aquelas mulheres estranhas à procura de livros de Rimbaud. Personagens de uma conspiração. Uma espécie de seita, grupo subversivo. Transporte clandestino de armas. Quando dei por mim, estava envolvido numa trama que implicava algo grande. E a encrenca maior ainda.

Mergulhar em *Whitman e a Guerra Fria* é já uma enorme aventura, mas é mais. Livramo-nos do mal que nos cerca enquanto o livro não acaba e ficamos com o gosto por mais tempo, muito tempo. É entrar na complexa e maravilhosa vida que existe neste planeta e que a arte, a história e a humanidade nos proporcionam. Um livro encantador.
Boa leitura!

Serge Goulart
Jornalista e Escritor

1\ A OITIVA

1 A LÂMPADA MESQUINHA PENDIA DA FIAÇÃO RETORCIDA, E iluminava, no chão, pouco mais que a área de um ladrilho. A respiração nervosa, o medo movimentando o ar, fazia balançar, lentamente, sinistras, as sombras. A cada ida e vinda era possível ver, de relance, o crucifixo de madeira talhada, exposto ali como que tentando redimir os verdugos. A lâmpada mesquinha luminava por instantes, em salvas, como os raios no Gólgota aquela vez.

Um banco de madeira junto à parede. Provável ser ali onde os corpos purgavam suas forças já vazias, esvaídas por sede e açoite, de onde seriam levados a outro destino, afinal.

A sala de interrogatório estava meio andar abaixo do porão. O porão do porão, um metro e meio de altura. Um desses lugares onde era sempre inverno. E era sempre verão também. Buraco, vibrava o ar gelado que fazia suar. Forno em que corpos tilintavam de frio.

Sombrio como um confessionário, interposto junto ao adro mais escuro da igreja, onde pecadores contritos revelam, relutantes, as violações supostamente obscuras. Este porão mofado difere, contudo, posto que aqui, à confissão sobrevêm primeiro a negação, a falta de memória sobre o fato inquerido, o álibi fajuto, as juras inúteis de veracidade em seu testemunho. É certo, também, que lá, nos adros reclusos das capelas, os penitentes amenizam seus pecados, atenuam os atos ímprobos, suavizam suas concupiscências. Lá suas palavras são, de certa forma, acatadas, mas pelo frei confessor, não sem um tanto de penitências a cumprir, e alguns devaneios na mente. Já aqui, neste porão, a verdade, ou a suposta verdade, tem que vir à tona nem que sob força, tem que fazer vibrar a língua delinquente entornando as palavras reveladoras. Culpar, culpar-se. Não há porém.

Passos pesados soaram, então, na escada de madeira, cujos degraus estalavam como um osso velho. Os dois homens desceram, com enfado, sem uma palavra sequer e se sentaram, cada qual numa das pontas do banco junto à parede. O investigador, Fütz, era um homem grande. Bigode preto, tingido, picotado com falhas. Parecia gentil e paciente. E isso simplesmente não combinava em nada com aquele lugar.

2

SEI QUE ERA UMA TARDE ENSOLARADA DE MAIO, A PRIMEIRA vez que os visitei. Meus vizinhos. Soube da internação. Uma espécie de surto de insânia. Tinha obrigação de oferecer algum tipo de ajuda. Meus vizinhos, os conhecia há anos. Bem: de modo superficial, devo dizer. Certa vez, eles me ajudaram a sair da sarjeta. Não, não. Sarjeta é uma palavra muito pesada, muito dramática. Eram meus vizinhos e me ajudaram quando um dia eu precisei. Sim. Assim fica melhor.

Sei que o sol brilhava na tarde, uma dessas tardes coloridas de outono, a brisa leve de maio. O sanatório situava-se numa área rural no entorno da cidade. O vidro do ônibus refletia o verde dos campos e das encostas. Vacas pastavam soltas, sem cincerros.

Parada 54.

A placa no portal do sanatório desejara boas-vindas algum dia. Via-se à frente um conjunto de construções antigas, arquitetura característica dos nosocômios. O sol brilhava até ali. Ao atravessar o pórtico, nuvens escuras tomaram conta do planeta, contudo.

Caminhei uns cem metros por uma aleia até chegar à recepção.

As grossas paredes, manchadas de caruncho e laceradas por rebocos feridos, cercavam corredores que recendiam a remédio barato e formaldeído. Salas com móveis de ferro branco ponteados de ferrugem. Macas mancas. Armários com portas de vidro empoeirados, alguém imprimiu as digitais da última vez. Azulejos trincados, mal rejuntados, na parede. Um local nada agradável. Por que os loucos, os loucos pobres, têm que ficar num lugar assim?

Peguei uma senha enjambrada, feita de papelão picotado em quadradinhos e aguardei. Outros esperavam no mesmo local. Rostos assustados, não sabiam bem o que iriam encontrar do outro lado. Parentes, namorados, pais, todos os que enlouqueceram nesta vida e agora estavam lá, lacrados, apartados do mundo. Estariam bem?

Um paramédico com rosto duro — parecia bem enfastiado em fazer aquele tipo de trabalho — gritou um número. Minha senha.

Entrei na pequena sala de visitas. Mesinha de canto com algumas revistas velhas em cima. Quatro cadeiras de madeira. Sentei-me. O paramédico fechou a porta atrás de mim e anunciou, irritado:

— Aguenta aí. Eles já vêm!

Enquanto aguardava, rastreei o ambiente: mais um crucifixo de madeira entalhada, teias de aranha escorriam pelo braço do Cristo. Um retrato do antigo governador que alguém se esqueceu de tirar. Frases de almanaque tentavam algum conforto aos visitantes.

Passaram-se bem uns vinte minutos e finalmente a porta interna abriu e eles chegaram. Tinha alegria em seus olhos ao me avistar. Eu não sabia bem o que dizer e, meio sem jeito, me coloquei para um abraço. Não consegui dizer nada. Imediatamente, eles desandaram a falar muito, mal conseguiam respirar. Começaram a contar umas histórias esquisitas, bem fantasiosas, repletas de imagens descomedidas.

Vejam bem: quero dizer que, para mim, ouvir nunca foi problema. Ouvir e esperar, calado. Eu conseguia permanecer em silêncio por horas a fio. Se falava, era em voz baixa, quase em sussurro. Monossílabas, como se verbalizasse um ideograma. Muitos reclamavam dos meus longos silêncios, e ficavam perturbados com as frases: lacônicas e sintéticas. Descobri que as pessoas têm medo de gente assim. Gente como eu, capaz de entrar num bar, ou numa festa, e ficar calada por horas, parecendo olhar para algum horizonte longínquo e perturbador.

As pessoas têm medo e o medo é o deus.

Nick&Buck diziam: se um homem tem o que fumar e o que beber, nunca fica com medo. Pode passar um bom tempo sem falar com ninguém, conversando consigo mesmo, ouvindo as palavras flutuantes do interior da própria alma. Viver aventuras épicas, únicas, em um pequeno palmo de chão como se fosse imenso chão de um país. Pode superar uma luta implacável, transpor obstáculos cerrados, vencer milhas e milhas em distâncias sem fim.

Pode permanecer vivo.

Bem: parece que ouvir histórias é como ter o que beber ou o que fumar.

E eles falaram e falaram, como nunca antes.

Eu, praticamente não dizia palavra.

Passei a visitá-los semanalmente.

Acredite, Fütz: nem dei muita importância quando eles vieram com aquelas histórias tortas. Já é esperado que, nos dias de visita, os internos se aproveitem e deixem aflorar o caos contido em seus cérebros entulhados de pílulas. Eles encontraram em mim uma espécie de guru confessor, um frei analista, que ouvia pacientemente seus relatos enquanto permanecia calado! Discretos meneios, leves acenos com a cabeça: eram entendidos como compreensão e compassividade. Passei a anotar cada palavra, cada frase, cada nome de personagem. Os conteúdos manifestos e os possíveis conteúdos latentes em seus devaneios. De alguma forma, as histórias me atraíam. Algum tipo de fascínio me tornava uma presa ideal daquelas fantasias. Eu estava simplesmente envolvido por suas histórias. Ouvir Nick&Buck, naquele período, foi meu vício.

Era tudo bizarro demais, improvável demais. Mas, ao mesmo tempo, tudo soava insanamente real.

Meus vizinhos, estranhos vizinhos! Nada mais do que isso. E só isso. Sei um pouco de suas vidas, mas é pouco. Muito pouco.

No entanto, eu percebia que nossos encontros faziam muito bem a eles. Contavam suas histórias fabulosas, irreais, mas que a mim pareciam apenas isso. Produto de mentes criativas, ainda que enfermas. Mas, curiosamente, passei a desejar que chegasse logo o dia de visitas para ouvir outras e outras. Numa espécie de contratransferência, parte das fantasias deles estava sendo alocada para a minha cabeça. A loquacidade de Nick&Buck desencadeou um estranho movimento: passei a desejar viver aquelas histórias.

A reabilitação é como a Guerra Fria. O seu mundo está dividido em forças antagônicas, cada qual empenhada em fortalecer e ampliar sua zona de influência. Porém, cada uma destas forças está contida na outra, e uma só existe porque a outra existe. Assim, cada qual quer manter esta luta silenciosa indefinidamente, posto que é vital para sua própria existência. Como países e a geopolítica, tentamos construir muros, com cercas eletrificadas recheadas de farpas e concertinas. Nem sempre os muros são concretos, no entanto. Muros mentais. Tentamos fabricar armas, flechas e bordunas. Somos fábricas de armas. Somos fábricas de criar necessidades para usar nossas armas. Não se iluda: guerra é só uma necessidade fabricada.

Talvez tenha retornado ao sanatório, para visitá-los, mais umas oito vezes. Até perceber que as coisas estavam ficando um tanto complicadas, tomando um rumo que eu não conseguia controlar.

Foi quando me deparei com uma situação estranha. Eu estava sendo alocado, sem perceber, nos roteiros. Eles inventaram um nome para mim, narravam detalhes pessoais dos quais, estranhamente, eu não me lembrava. Introduziram pessoas em minha vida que eu não conhecia. É como se estivessem recriando meu passado. E o mais curioso é que eu estava incorporando essa reinvenção. Já atendia pelo nome que eles criaram — W — e administrava a livraria que eles inventaram — Livraria Whitman, que não passava de uma sala de leitura do sanatório. De repente, me descobri apaixonado por uma guerrilheira de olhos faiscantes que eles conceberam. Agora, eu era mais um personagem que surgia de suas mentes bizarras. Até aí, tudo bem. Histórias inocentes.

Comecei a me preocupar quando eles descreveram aquelas mulheres estranhas à procura de livros do Rimbaud. Personagens de uma conspiração. Uma espécie de seita, grupo subversivo. Transporte clandestino de armas. Quando dei por mim, estava envolvido numa trama que implicava algo grande. E a encrenca maior ainda.

Veja bem, Fütz: nessa época deixei de visitá-los no sanatório. A novela tinha evoluído por um caminho que me assustou. Estava com medo do que poderia vir pela frente, como num tenso filme de suspense. No entanto, eles passaram a mandar cartas para mim. Novas histórias. Novas loucuras.

Não, não tenho mais estas cartas. Queimei-as. Temia que aquilo pudesse me comprometer, de alguma maneira. Estavam indo longe demais.

Você não encontrou nenhuma, não é, Fütz?

Foi quando me deparei com a notícia: os federais tinham desbaratado um grupo supostamente envolvido com a instalação de um movimento rebelde no sul do Brasil. Um homem fora gravemente ferido quando resistiu à ação policial. Ele transportava, num caminhão antigo, armas e munições que seriam destinadas aos revolucionários que chegariam em pouco tempo aos locais de preparação, arregimentados em várias partes do país. Os campos de treinamento estavam sendo instalados nos contrafortes da Serra, nas cercanias de pequenas localidades rurais decadentes. Não era ainda possível determinar exatamente qual o objetivo do grupo. Guerrilha? Uma seita? Terroristas internacionais?

Comecei a juntar todas as sandices que Nick&Buck falavam. Encaixar as peças. Dava para desconfiar que acabaria por me meter em encrenca. E encrenca da grossa.

Era muita confusão. Eles misturavam alucinação e realidade. Impressionante como criavam tantos personagens, e os transformavam em atores.

Veja bem, Fütz: transformavam personagens em atores!

Uma fabulosa capacidade de manipular destinos. Vocês sabem, quando passamos muito tempo da vida inventando coisas da imaginação, fingindo um modo diferente de mundo, é provável que isso nos traga algum problema. Já é difícil o bastante ser simplesmente o que se é, quanto mais viver, ao mesmo tempo, vinte personagens em dez histórias diferentes. É provável que isso nos traga algum problema. É provável que, depois de algum tempo, não se saiba mais quem éramos no início de tudo. A velha luta entre as forças antagônicas. Entre o racional e o irracional. Entre o fantástico e o cotidiano. A Guerra Fria. Vocês não sabiam disso?

3

— ESTÃO APONTANDO PARA O SEU LADO. VOCÊ NÃO TEM ESCOLHA: é você ou eles — disse o Investigador Fütz.

O outro homem, o auxiliar de investigador, também encorpado, se apresentava com desleixo: barba em meio-pau, cabelos desalinhados, nódoas de café tingindo a camisa clara.

— Olha! Sabemos tudo sobre você, Whitman. E sabemos, antes de tudo, que de maluco você não tem nada. Sabemos que você mora muito perto da fábrica de ilusões. Mas não o suficientemente perto.

— Ouça bem, garoto. Nesse negócio é preciso entender que mesa é mesa e cadeira é cadeira. E não há espaço para outra coisa.

— Não tente dar uma de demente. Não se iluda, não vamos cair nessa.

— Não nos trate como imbecis. Não merecemos isso. Seja um bom garoto.

— O que houve mesmo com sua perna?

— Menisco. Futebol.

— Tem certeza?

— Espero que sim.

Essa pergunta me derrubou. A perna era a evidência e eu não tinha nenhuma resposta convincente. Se eles fizessem um simples raio X iriam descobrir o metal lá dentro. Aí seria só juntar os fatos.

— Pois é, garoto. Parece que alguém levou a encenação longe demais. Não teria muito problema se fosse apenas balbúrdia de bêbado. E arruaças e os pequenos furtos. Mas parece que a encrenca agora é muito maior. Contrabando de armas! Quadrilha internacional!

— Você não é nenhum idiota, Whitman! Já deveria saber que, mais dia menos dia, a casa sempre cai. Pois aconteceu.

— Lembre-se: estão apontando para o seu lado. Diga logo: o que te levou a seguir adiante nessa jornada insana? Dinheiro não seria. Nós sabemos tudo sobre você. Quem sabe um par de olhos faiscantes?

Tirando a ficção, não sobrou mais nada.

2\ WHITMAN E A GUERRA FRIA

OS ÚLTIMOS DIAS FORAM ESPECIALMENTE INTENSOS. TUDO ACONTECERA muito rapidamente, como se um vendaval migrante do Oeste, com força e má intenção, varresse em cheio as ruas da cidade, e espalhasse, com sua fúria, não só as folhas, os galhos, as placas de sinalização e as coberturas dos galpões. Mas, sobretudo, atingisse em cheio a vida de W Whitman, desabrigando seus sonhos e desalojando sua juventude. Foram dias de tristeza e rebeliões.

Há duas semanas o pai e a mãe haviam estourado os miolos, num rompante suicida; e o luto, nestas circunstâncias, estava pesado. Pouca idade, poucos — quase nenhum — amigos e sem experiência de vida. E agora, quando a lápide da realidade se colocava dura e fria, ele tinha que tocar adiante uma velha livraria alquebrada, um negócio sem futuro. Foi o que restou do espólio — se é que se pode chamar assim — de Rog e NellyMae Whitman.

Enquanto W tentava erguer sua vida, com a força que a vida sempre concede nos piores momentos, a cidade estava tomada por uma dessas ondas de revolta que, de vez em quando, explode nas cidades. Uma garota — Cosette — morta durante ação policial num bairro popular. E agora as ruas estavam convulsionadas por choques sangrentos, quase inevitáveis em situações como esta, quando a centelha, contida há tempos, salta dos ambientes sociais superaquecidos e acende o estopim dos levantes.

Seis horas da tarde. Nenhum cliente a esta hora. Apenas Nick&Buck, os velhos gêmeos, ainda estavam por lá. Eles sempre estavam por lá.

Levantaram-se lentamente, gemendo suas artroses e se despediram com um "até amanhã", como sempre faziam. E você pode apostar: amanhã, às oito, eles já estarão na frente da Livraria Whitman esperando impacientemente a esteira metálica abrir, pegar um daqueles volumes carcomidos que não se cansam de ler, sentar-se numa das mesas de madeira e entrar nessas vidas paralelas que são as vidas nos livros.

Whitman cerrou a porta de esteira, como fazia todos os dias. O barulho seco de metal enferrujado rangeu e ecoou pela rua antiga e deserta da cidade. Deserta, já que o vento frio e cortante dessa época de inverno empurrava as pessoas para o possível conforto das casas ou o enganoso abrigo das marquises. E deserta, além disso, pelo toque de recolher que logo soaria, nesses dias conturbados pelas revoltas.

Saiu a caminhar, sem rumo. A noite estava gelada, muito gelada, e a garoa moldava espelhos nas calçadas, guarnecidos pela luz baça da iluminação pública, que também se decompunha em cores quando se deparava com as vitrines.

Ele vinha pensando no Sr. Whitman e na Sra. Whitman, pai e mãe, e vinha remoendo sobre o que eles fizeram de suas vidas. E sobre o que eles *não* fizeram de suas vidas.

É inútil tentar explicar certas coisas. E, às vezes, é melhor levar a vida assim, sem muitas perguntas e sem muitas respostas. Uma história não precisa ter, necessariamente, início, meio e fim, na ordem lógica dos acontecimentos. Uma história não precisa ter um final esperado e feliz. Só que é muito fácil falar assim quando você não está inteiramente triste, limão azedo no céu da boca. Acontece que a saudade te coloca para baixo, e é uma coisa que te faz balançar em certos momentos, e mexe com seu dia tranquilo e faz que você saia atrás de algum sentido racional para tudo isso. E quando a saudade te pega num dia especialmente frio e nublado e chuvoso, é capaz de te derrubar, e te deixar muito triste e pensativo. Era assim que Whitman estava naquela semana de junho. Por isso sentiu essa vontade meio doida de caminhar pela noite da cidade, sem rumo.

Nestes momentos o que você mais quer é um final feliz.

∙ ∙ ∙

ENTÃO ELE NÃO TINHA MOTIVO PARA ESTICAR ALGUM SORRISO. TAMBÉM não sentia lá uma grande vontade de conversar com alguém. Queria apenas penetrar na noite escura. Penetrar o céu escuro da cidade. Andar, assim meio sem rumo, caminhar a noite toda, até o amanhecer; e depois ir direto, às oito da manhã, abrir a esteira de ferro e continuar o dia do jeito que sempre vinha fazendo desde que teve que assumir a livraria. Naqueles dias, ficar vivendo uma tristeza imensa, sem descanso, extrair o máximo de sentimentos dela, uma espécie de purgação, parecia a única coisa possível.

No entanto, por estranho que seja, aquela noite gelada até que lhe trazia uma espécie de conforto. E até que ele estava gostando de caminhar, sem rumo, pela noite fria da cidade. O problema é que o vento lancinante, quando recorta a esquina, penetra as narinas como uma lâmina de gelo e deixa seu nariz insensível e você tem que tentar expulsar o ar quente dos brônquios; então, isso acaba por formar aquele vapor de filme antigo que sai pela boca e pelas narinas enquanto você caminha.

As orelhas estavam muito frias também, então ele colocou uma espécie de boina, herança do Sr. Whitman. Era pouco eficaz, não cobria as orelhas, mas, de qualquer forma, fazia sentir-se um tanto mais fortalecido, de modo que nem frio ele percebia. Pelo menos não muito frio. Parece que estava vestindo o capote de lã cinza que também pertencera ao Sr. Whitman, pai. Na verdade, ele estava usando várias peças de roupa que eram dele, do Velho Whitman, e parece que as roupas o remetiam a lembranças curiosas, e parece que o Velho, naquela noite fria, estava novamente ressurgindo na memória, e então ele se lembrou claramente de que o Velho sempre sentia muito frio. Estava sempre usando roupas de inverno, casacos peluciados, luvas, meias de lã, cardigãs quentinhos. E podia ser no inverno ou no verão ou na primavera ou em qualquer estação: ele sempre sentia frio e precisava se embrulhar naquelas roupas. Ele sempre sentia muito frio.

Mas W até que estava bem confortável dentro daquele casacão e enrolado no tal cachecol aconchegante que — coincidência — também era do Sr. Whitman, pai. É como se ele tentasse preencher, com seu corpo, um vazio insuportável. Um vazio que se formou naquelas roupas que ficaram lá penduradas no armário. Como se ele tentasse assumir o lugar de um móvel no canto vazio da sala, em um copo vazio no centro da mesa. Flores no oco do vaso. Ocupar o lugar de uma coisa que, talvez, nunca tivesse existido.

Às vezes, é melhor levar a vida sem muitas perguntas e sem muitas respostas.

Ah, como sinto falta deles agora, pensou o W.

●●●

ROG E NELLYMAE: SR. E SRA. WHITMAN, AH, AH!

Há trinta anos os dois se instalaram, desgarrados de sua origem, nesse pequeno pedaço de terra ao sul do mundo, envolto pelas águas frias do Atlântico, como as águas da sua Irlanda. Atracaram, feito nau perdida, sem saber bem o que fazer da vida. Não tinham muita ilusão sobre como as coisas funcionam no mundo. Vinham de um país em chamas, arrasado de guerra civil. Conflitos por terra e poder, dissimulados em religião. O motivo de escolherem uma terra de língua tão estranha, com uma cultura tão diferente, é uma incógnita cuja explicação permaneceu com eles, seja onde estiverem agora. *Sinn féin*.

Doze anos depois, no ano em que Havana ardeu em chamas no verão, NellyMae parece estar parindo um filho. Haveria de ser o único, no entanto. Não valia mesmo muito a pena botar gente no mundo. Um filho gerado mais por insistência de Rog, que passou a considerar a vida de um irlandês meio incompleta sem um filho. Só mais tarde é que perceberia que a vida é sempre incompleta. E que a Irlanda seria sempre um fantasma incompleto à distância.

Mas você deve ter estranhado muito o seu nome. E estou certo de que muitas vezes teve que inventar uma explicação.

W.

Nome engraçado para uma pessoa.

W.

Rog também nunca conseguiu explicar por que escolheu esse nome, quando se sabe que existem milhares de nomes no mundo. Mas essa escolha certamente causou muitos problemas. Com razão.

Rog, isso é certo, nunca conseguiu explicar muitas outras coisas também. Como a verdadeira história de sua origem. É possível e, de certa forma, até confortável acreditar que o ancestral, do qual Rog falava com inusitado entusiasmo — notadamente quando sob efeito de umas doses a mais de um autêntico *single spot* — tinha sido realmente um verdadeiro irlandês chamado Whitman, um típico e combativo operário anarquista, nascido da Revolução Industrial. Um irlandês de cabelos vermelhos e rosto sardento. *Working Class Hero* era como ele se referia a esse ancestral.

É possível também, como Rog costumava afirmar em outros momentos libados, que sua linhagem seria a dos Whitman-Bloom. Linhagem de literatos irlandeses, conhecedores de iídiche e frequentadores assíduos dos pubs dublinenses.

Entretanto, o mais plausível é que sua estirpe não contivesse no genoma tanto fascínio assim. Provavelmente descendesse de um empobrecido plantador de batatas quase afugentado do arado de miséria e das devastações da guerra civil.

Mas, de qualquer maneira, é engraçado ter um nome que, na verdade, é uma abreviatura. Uma letra.

W.

W Whitman.

Ocorreu de ele ser o único filho desse casal de emigrantes, comerciantes subitamente falidos, descendentes de algum druida celta, como Rog outras vezes fanfarreava.

Consta que foi isso mesmo. Falidos. Parece que as economias, que não eram muitas, reservadas para algum momento ruim — ou quem sabe até para um improvável retorno à Irlanda — estavam esgotadas, comprometidas com a quitação dos credores. Dezenas deles formavam fila na porta do tribunal, tentando receber o pagamento das dívidas acumuladas durante os anos de administração Rog Whitman, arcaica e descuidada, no comércio de máquinas datilográficas, seu primeiro negócio.

Com o aparecimento dos computadores pessoais, cada vez mais acessíveis e populares, quase ninguém se interessava em comprar as ultrapassadas Remington e Olivetti. Mas ele insistiu no negócio, tomando empréstimos cada vez mais caros para cobrir os prejuízos da loja. Dizia que a onda de computadores era como uma "nuvem passageira de um verão qualquer". Rog não era muito bom mesmo em análises da conjuntura econômica.

O fato é que ele tinha algo de sonhador. Talvez sonhasse mesmo era em ser um escritor, dar continuidade à linhagem que inventara, a dos Whitman-Bloom. Uma alma livre, é o que gostaria. Mas teve que se contentar com a saga do comércio.

Rog era orgulhoso demais da sua suposta linhagem para suportar um fracasso igual aquele. Uma linhagem presumidamente tão especial. Por desgosto, num caldo misto de vergonha, melancolia e fatalidade anímica, ele acabou por encerrar a própria existência.

Um tiro, às vezes, resolve os seus problemas!

NellyMae foi em seguida. Parece que foi secando, por depressão; e, por medo da saudade de um amor tão vital e insuspeito, tomou a mesma decisão.

Remédios, às vezes, não resolvem seus problemas!

Ah, o Sr. e a Sra. Whitman, pai e mãe! Quantos mundos os separavam daquele garoto. E só restou a vida real como a lembrar, todos os dias, o quanto ainda estariam ligados. O mundo das contas a pagar, da vida a levar.

Do pequeno inventário, pulverizado no pagamento das dívidas, só restou a livraria. Talvez até porque um punhado de livros velhos estocados num sobrado caindo aos pedaços não interessasse aos credores, vampiros sedentos de sangue.

É preciso dizer que a livraria foi mais um dos péssimos negócios em que Rog insistia em enterrar dinheiro. Ele justificava dizendo: "Sempre haverá quem compre um bom livro". Não era exatamente um visionário, ah, não era, não.

Rog e NellyMae sempre foram um casal discreto e contido, sem arroubos, ou risadas ou música alta. Nunca se ouviu uma discussão mais acalorada, como é próprio dos casais. Nunca uma gargalhada aberta, como é próprio das horas baldias.

É que eles eram tristes mesmo.

Eram tristes sem explicação. Uma tristeza em si. Atávica. Própria das angústias que atravessam gerações. Que corre no sangue de um povo inteiro. Eles não tinham grandes motivos para se queixar da vida, no entanto. Pensando bem, eles não se queixavam. Apenas eram tristes. Simplesmente.

A derrocada financeira serviu, isso sim, para apressar o fim trágico de suas vidas. Foi simplesmente um desses fatos, quase que premeditados, para dar fim a uma tristeza tão avassaladora.

• • •

— AH, COMO EU SINTO FALTA DELES AGORA.

Nunca me pareceu uma atitude legal aquela. Meio covarde por parte deles. *Parece que você ainda não conseguiu superar isso, não é? Não foi correto deixar você naquela situação, não foi mesmo justo com você.*

Eu concordo que não é nada justo passar o resto de seus dias culpando-se pela tristeza de Rog e NellyMae. Acordar no meio da noite, suando, assustado com aqueles pesadelos confusos. Rog e Nelly como fantasmas recorrentes. Mas nós dois sabemos que, na verdade, eles eram simplesmente tristes. Tristes como eles só. E você não teve culpa alguma disso.

• • •

AVENIDAS E QUADRAS, ESQUINAS SE SUCEDIAM, E AS HORAS DA madrugada iam desenhando seu contorno. Seguindo pelas ruas vazias, apenas os gatos nos muros, e os ratos jantando, e as nuvens pontilhando a lua, que agora surgia, tímida. Os pensamentos chegam e se dissipam em seguida, depois de circularem por todos os labirintos do cérebro, cruzarem os eixos e as circunvoluções, as esquinas e os guetos dentro da cabeça. Becos inúteis, recônditos, escondidos. Portos secretos da mente.

Qual o sentido de andar tanto?

As horas se esvaem. A paisagem, então, começa a mudar à medida que W cruza as quadras e, sem que ele perceba, a direção era o antigo bairro da Cidade Baixa. Os confins mais secretos da velha cidade pareciam descortinar e emergir à tona. Ruas interiores, imagens oníricas indecifráveis que se formavam à frente, como o mistério mágico de um sonho.

Enquanto se aproximava do outro lado da cidade, enquanto as casas se revelavam obscuras e eram destroços de um bombardeio que não ocorreu.

O lado escuro do mundo.

O lado escuro da lua.

Duas, três horas.

Ruas vazias.

Apenas um rapaz travestido, esquisito e triste, parado na esquina. Estava mesmo em péssimas condições. Na noite nua, ele não se engana: muito magro e feio, sem atrativos, ele sabe ser o personagem de seu próprio pesadelo.

Quatro horas.

"Cara, eu não consigo parar de andar."

Os últimos ventos da noite ainda ressoam entre os muros e andaimes e ele segue adiante, como um lobo alucinado. Lugares da cidade desconhecidos até então, onde nunca havia estado antes. Edifícios e casarios despedaçados, praças esburacadas, áridas, sem árvores. O parque de brinquedos infantis em ruínas. Lixo espalhado sobre o piso. Homens agrupados, sentados no chão da praça em volta de uma fogueira, aquecendo as latas, com seus panos e andrajos e chapéus esquisitos e barbas sujas e cabelos desgrenhados. Dezenas desses grupos ocupando a paisagem desoladora deste lado da cidade. Aqui é a paisagem que ninguém vê.

Restos de fantasmas é o que são. Homens dormindo nas marquises destroçadas, os cães sempre ao lado. O fogo e os cães acompanham a humanidade nas suas noites de frio.

Pode estar certo: foi então que apareceu Jean Valjean.

• • •

EXAUSTO, A NOITE LONGA, W SENTA-SE SOBRE O BANCO ARRUINADO. As mãos protegidas no bolso do casaco. Era como se Rog ainda fizesse questão de aquecer o seu garoto, com um abraço morno feito de lã, pelúcia e flanela. Distraído em seus pensamentos, W não percebeu o que parecia um vulto a se aproximar. Sorrateiro, veio por trás, e encostou a lâmina no pescoço do garoto. É bem gelado o metal na noite fria! Com o branco da arma cintilante roçando a nuca, o vulto sentou-se ao lado e falou em sussurros, fazendo milhões de perguntas:

— O que você pensa que está fazendo aqui?

Exaustão e medo. W simplesmente não conseguiu lançar nenhum tipo de reação, nenhum reflexo de defesa ou ataque. O outro percebeu que encontrara apenas um garoto em pânico.

— Se você não é um tira — ele disse — o que pensa que está fazendo por aqui?

W não soube responder.

Por pouco Jean Valjean não enfiou a navalha naquele pescoço branquelo. Às vezes a sorte é um pouco maior que a inteligência. Ninguém com um pouquinho de tutano andaria à noite por aquelas bandas da cidade.

— Está doidão, é?

— Nã.

O rapaz com a navalha continuou:

— Como é teu nome? Diz aí!

E essas coisas.

— W. W Whitman.

— Que bosta de nome é esse?

W assentiu levemente com a cabeça e esboçou um sorrisinho nervoso, como se também achasse esquisito aquele nome que o Rog inventara para ele.

O rapaz da navalha estava nitidamente nervoso, e é nesses momentos que as grandes merdas acontecem. Sangrar uma jugular pode ser uma grande merda.

W percebeu a inquietação do rapaz da navalha, e arriscou:

— E o seu? Quero dizer: o seu nome e essas coisas.

— Valjean. Jean Valjean.

— Não é muito comum...

Jean Valjean, o rapaz da navalha, ficou um pouco irritado com o comentário.

— Quem faz as perguntas aqui sou eu. Já se esqueceu?

W entendeu o recado. Os músculos endurecidos do pescoço, frio e medo. Conseguiu mover um pouco a cabeça e, só então, pôde ver, com o canto dos olhos, os traços daquele cara estranho, sentado ao seu lado, na pedra junto ao meio-fio.

Rosto moldado em músculos rijos, os masseteres salientes a cada frase. As maçãs se destacavam, como no rosto de um tigre atento. Cabelos curtos, cortados em pespontos, sem penteado. Pelugem fina, quase adolescente. Olhando assim, nem se percebe a cicatriz que redesenha o lábio, conferindo uma estranha instabilidade a cada palavra. Haveria de abrir um provável sorriso torto, isso se algum dia ele viesse a sorrir. Olhos castanhos muito claros, quase amarelos, jamais eu tinha visto uns assim. Olhos vigilantes a todos os movimentos ao redor.

Alguém aí está preparado para o barulho?

Eles liquidaram a garota. Cosette. A cidade está em guerra.

Por alguns segundos permaneceram em silêncio. W tentava ganhar tempo. Jean, numa dor coberta de ódio, permitia-se alguns minutos de luto sincero.

O silêncio, então, foi quebrado pelo ruído de passos marciais, pesados e numerosos. Inicialmente ouvia-se a marcha, que parecia distante. Mas logo se percebia a aproximação. Passos tornaram-se compactos, cadenciados, os coturnos martelando ininterruptos. Eletricidade no ar.

Perto da esquina os passos, e os ossos, estacaram.

Não se ouvia mais nada. Nenhum movimento. Tensa calmaria. Era o silêncio e era a marcha e o espectro da chacina. Apenas a respiração nervosa e ofegante de muitos homens. E cavalos. Contudo, não se via nada. Nenhum soldado, nenhum cão, nada. Nenhum centurião.

O rapaz, Jean Valjean, permanecia sentado, impassível. Apenas o olhar se movia, como um periscópio privilegiado que, do alto da praça, seguia em vigília atenta.

O contorno do rosto, formado contra a luz baça, lembrava o de um anjo hostil, expressionista, contraído de rancor primal. Vez ou outra levantava o braço, provavelmente algum sinal a olhares campanados nos escombros das edificações.

Às vezes temos a sorte de não receber um talho na jugular.

Jean Valjean dizia algumas frases, puxava uma conversa sem eira, parecia querer manter um clima de amenidade mal disfarçada. Mas ele sabia do perigo escondido nas sombras. Os dois agora eram os únicos alvos abertos. Ele demonstrava segurança. Tudo parecia estar sob controle.

— Está tudo pronto! Vai ter guerra!

Mais alguns minutos se passaram. Ritmo tenso das respirações. O animal na espreita. Eles estão chegando!

Jean Valjean, então, subiu no pedestal da estátua destruída e urrou o berro profundo. As veias saltavam sob a pele, no pescoço. Os olhos protuberantes ao esforço e à raiva.

Súbitos combatentes, centenas, saíram das tocas como ratos enfurecidos à espera do sinal da flauta. Empunhavam facas, tijolos, pedaços de concreto, alguns com carabinas e archotes. Tucum. O silêncio da noite já corrompido, a madrugada transforma-se em campo de batalha.

Os soldados da tropa de choque, também garotos, são pegos de surpresa pela rapidez com que os revoltosos avançavam. Há pouco, um acendia um cigarro, outro se acalmava com um naco de chocolate. Percebi outro soldado olhando no retrato de fotografia, quem sabe um rosto de namorada. Lágrima marejada, subentendida.

Jean Valjean gritou, indicando que W se deslocasse a um lugar mais seguro. As pernas quase não responderam, duras e travadas, da caminhada noturna. Mas ao ouvir o estopim de um tiro, não havia como ficar. Então, ele correu. Tentava, em desespero, se desvencilhar da cena. Outros também correndo em pânico. O cara errado, no lugar errado, no momento errado.

• • •

ASSIM, JEAN VALJEAN CONTOU SUA HISTÓRIA.

E foi assim que os Zúticos impuseram a grande derrota aos tiras naquele domingo sangrento.

Os Zúticos, ele disse.

• • •

ZÚTICOS. QUE NOME ESTRANHO PARA UMA GANGUE DE REVOLUÇÃO! Jean Valjean se referia ao grupo formado por jovens marginalizados, da região da Cidade Baixa. Há anos este grupo dá forma a uma identidade de resistência e contestação ao domínio cultural. Seus membros desenvolveram um potente processo de afirmação comunal, bem como cultivaram um terreno fértil para liberação e desenvolvimento de habilidades. O cenário no bairro era impressionante. Música, poesia, dança, pinturas. O ambiente havia sido tomado, nos últimos tempos, pela explosão de arte urbana, em todas as suas formas e significados.

A rua é a base. A rua não tem salvo-conduto.

Mas, acima de tudo, era um grupo que se preparou, ao longo do tempo, para a luta aberta nas ruas, se assim fosse necessário.

•••

AQUI É ASSIM. A TROPA DE CHOQUE CHEGA, COM SEUS FUZIS DE infantaria, os coturnos de pisar em bosta. Cavalos e rabecões. Eles entram, simplesmente invadem os barracos e rebentam as portas com chutes e estacas. Violam os simples. E assim foram plantando as sementes do ódio e da revolta. Você sabe. O fruto maduro é o previsível fruto da semente.

É como o ovo da serpente. Sem nenhum esforço, você pode perceber o que espera o futuro. Através das membranas finas do ovo em gesta, pode-se entrever a víbora perfeitamente concebida.

A semente da revolta.

É assim, num lugar como este. Num país como este. Tudo se vê. E nada se vê. Não tente decifrar esta charada. Não há enigma algum. É tudo claro como o sol. Mas você não consegue transformar em palavras. Não dá para traduzir o que acontece num lugar como este.

•••

PELA MANHÃ, AO RETORNAR À LIVRARIA, INSONE, W JÁ COMPREENDIA claramente. Até então, estivera confinado, inerte, como a crisálida no casulo.

Um mundo contido em redoma, na qual era possível ver o céu, a chuva, a rua, algumas pessoas, os ônibus que passavam, a fumaça da combustão dos óleos e carbonetos, o plástico das roupas.

Mas não era possível juntar todos esses pedaços, estilhaços de personagens. Nunca fora possível perceber a guerra fria lá fora. Nada além dos limites do vidro, de onde aparentemente podia-se ver tudo, mas que, ao mesmo tempo, não se alcançava nada.

Inocular a semente.

3\ A FADA AÇUCARADA

ENCONTRO MARCADO, SESSÃO DAS TRÊS.

Cine Rex. Primeira fila.

É preciso conhecer essas coisas do mundo, você sabe, não é? E isso, às vezes, passa por experimentar algumas substâncias estranhas e uns paraísos meio artificiais.

Nick&Buck, os gêmeos.

Nick era, sem dúvida, o mais estragado. Na verdade, ele era *bem* estragado. Tinha os olhos absurdamente enterrados na órbita do crânio, como os olhos de um sujeito em cuja cabeça faltasse uma boa parte dos miolos. Os lábios eram descomunais, e caídos quase até o queixo. Cada palavra que ele falava tinha que escorregar primeiro por aqueles enormes lábios, para só depois alcançar o ar, lentamente. Eram palavras muito molhadas.

Buck não era assim tão lento, mas tinha a mania esquisita de trocar os nomes das coisas. Acho que ele tinha *algum tipo de dislexia*. Ele olhava uma caneta e dizia "livro". Ele via um livro e dizia "relógio". E assim por diante.

Mas tem uma coisa que você não vai acreditar. Nick&Buck eram os caras mais inteligentes que eu já conheci. Eram mesmo. Eles eram mais que inteligentes. Eles eram verdadeiramente geniais. Apesar de bem estragados. E eles tinham a mania de me dar conselhos, como se fossem meus tutores. Eles me indicaram a Fada Açucarada.

Fada Açucarada tinha simplesmente uns dois metros de altura e um cabelo armado de fixador, elevado a uns bons trinta centímetros.

Quando entrei no cinema a sessão já havia começado, mas era evidente a sombra de Fada Açucarada projetada sobre a tela, e quase dava para perceber o provável prazer com que Fada comia as pipocas, mastigando a polpa crocante a bem uns cinquenta decibéis que reverberavam por entre os desvãos do corredor. Vez por outra, parava de mastigar e, com a boca escancarada, se entregava à emoção da cena. Mas, em seguida, refeita, Fada voltava a triturar as pipocas com seu poderoso maxilar.

Constrangido, sentei-me ao seu lado, na primeira fila. Tentei me reclinar ao máximo para não chamar a atenção e, quase deitado, falando baixinho, tentei explicar que Nick&Buck é que marcaram esse encontro e que eu nem sabia direito o que eu estava fazendo ali e que eu também gostava de cinema e um bom bangue-bangue, mas sem muito sangue. E alguma coisa de Stallone e Spielberg, vá lá, mas Bergman nem pensar. Do Cinema Novo já vi todos, Nouvelle Vague nem convém comentar... Tarantino, o preferido.

— Sshhh!!!!

Achei melhor assistir à sessão até o fim e deixar para explicar depois. Foi uma boa decisão.

O filme já se encaminhava para o final quando Fada se levantou bruscamente e fez um sinal para segui-la. Certamente queria aproveitar o escuro do ambiente e sair sem ninguém perceber. Seria pouco provável: com, pelo menos, uns dois metros de altura, vestia uma saia plissada verde-bandeira, que pouco combinava com a camisete lilás. Escarpin preto, essencial. Os cabelos de um caramelo amarelo.

Fada caminhava rapidamente pelas calçadas, em meio às pessoas do final de tarde chuvoso. Como anoitece cedo nesta época do ano! E ela era muito colorida sobre o cinza da tarde.

Eu tentava acompanhar seus passos enormes.

Então, ela parou subitamente em frente ao edifício antigo. Abriu o portão de grade e fez um movimento com a cabeça, indicando para segui-la. Subiu rapidamente os quatro lances de escada, sem aparentar ofegância. A porta do apartamento parecia um tanto emperrada, mas nada que não se resolvesse com uma pancada de ombros musculosos.

Entramos.

— Filho, você me parece um garoto que precisa superar suas *fraquezas*, elas podem arruinar sua vida. Mulheres, bebidas e solidão, nesta ordem.

— Senhora, eu não sei bem o que estou fazendo aqui. Foi o Nick&Buck...

— E não me chame de senhora, faça o favor.

— Desculpe, devo então chamá-la de Fada Açucarada?

— Welda, por favor.

— Certamente, senhora Welda.

E ela repetiu, imitando e fazendo escárnio, entortando a boca ao falar:

— "Certamente, senhora Welda. *Desgulpe,* senhora Welda." Não *esgueça gue* eu posso perder a paciência *gom* esses seus modos tão polidos...

— Desculpe novamente.

— *Nig&Bug*! *Agueles* dois vivem me pedindo favores...

— Parece que eles confiam bastante nos seus serviços...

— *Gomeçamos* por onde? Mulheres!

— Pode ser um bom começo.

— Filho, se você já *gonheceu* alguma mulher realmente, vai logo perceber do *gue* estou falando. Veja bem: estou falando de uma mulher *gue* não seja sua mãe ou sua professorinha Mafalda.

Eu logo pensei: *Mémère, Mariinha. As duas.*

— Tome *guidado* com elogios, ou agradinhos, ou flores. As mulheres *agabam* sempre *guerendo* mais. Você oferece um braço e um ombro *galoroso* e elas *guerem* sua alma. Tome *guidado gom* duas palavras em relação a elas: *gonfiança* e paixão. São essas duas palavras *gue* levam um homem direto às suas duas outras *fraquezas*.

— Quais fraquezas?

A Fada Açucarada olhou para mim com cenhos cerrados de quem está contrariada. Ela apertava os maxilares quando ficava assim.

— Parece *gue* você não prestou mesmo muito atenção no *gue* eu falei!

— Estou bastante atento, senhora. É que são muitas palavras e ideias conjugadas, e eu preciso juntá-las...

— Pois bem, vamos tentar de novo. Bebida e solidão. Mulheres levam a isso. Bebidas e solidão. E isso pode destruir a vida de um homem.

— Acho que estou começando a entender, senhora.

— A primeira *goisa gue* você deveria saber, filho, é *gue* nem todo *gaso* de amor se resolve *gom* um beijo na *boga*. *Guidado* com os sonhos a dois. *Guidado gom* as ilusões. As ilusões levam aos vinhos, principalmente os de má *gualidade*. *Guidado* também *gom* os vinhos de boa *gualidade*. Eles levam às ilusões. E ilusões levam à solidão. Está *agonpanhando*?

— Sim, senhora Welda. Não tem como não acompanhar. A senhora explica muito bem.

Parece que Fada ficou satisfeita, e nem percebeu que eu a chamei novamente de senhora.

— Bem, venha até ao *guarto*.

Fada retirou uma espécie de maleta de alumínio que estava sob a cômoda. Foi até o armário da cozinha, enfiou a mão enorme numa leiteira esmaltada, sem leite, naturalmente, e retirou um molho de chaves. Colocou seus óculos de leitura para identificar o que estava escrito em cada uma delas. Eram números miudinhos mesmo.

Suas mãos eram muito grandes e desajeitadas e, com alguma dificuldade, conseguiu abrir cada um dos pequenos cadeados que trancavam a maleta.

Dava para perceber que o conteúdo estava muito bem organizado. Vidros rotulados e datados cuidadosamente, colheres, seringas, conta-gotas.

— Bem, garoto. Temos *agui* um verdadeiro portfólio dos produtos *junghie*. Desde os mais antigos: *paregórigo, bennies, nembies*.

Eu era um garoto com olhos assustados. Garrotes, conta-gotas, estiletes, joaninhas, seringas hipodérmicas.

— Aprenda logo, garoto. Nada pior do *gue* o tédio ocidental!

— Mas essas substâncias são um tanto proibidas, não?

— Acredite! Nós, os humanos, somos *griaturas* muito desinteressantes. Somos *medíogres* de *gorpo* e de alma, somos *atavigamente* inadaptados. Precisamos de substâncias interessantes. Os homens confundem isso com *grime*. Proíbam o ópio, mas não *gonseguirão estangar* o *grime*, a *ganalhice*, a *hipogrisia endêmiga*. A falsa moral, a estupidez e a idolatria. Nada disso é *gonseqüencia* do ópio. Sempre haverá almas predestinadas ao veneno, almas *inguráveis,* almas dependentes dos lenitivos da vida. *Grime* é outra *goisa* bem diferente.

— Mas a senhora usa tudo isso?

— Não mais. Agora só administro o acervo, sou uma espécie de *argueóloga* do submundo. Sabe, garoto, agora estou limpa. Não mexo mais *gom* isso. Há um tempo ainda negociava alguns desses itens. Mas *desgobri gue* vender vicia mais do *gue* usar.

Fada estava empolgada em mostrar sua coleção.

— Esses são dos anos 1960: *acid test*, purpurinas e estrelinhas. *Mesgalina*, peyote, *ayahuasga*. Você já leu o *Gastañeda*?

— Não senhora, esse ainda não li.

— Hum, não vale mesmo a pena.

Fada de olhos brilhando, entusiasmada, ao poder demonstrar seu conhecimento:

— O fato é *gue* o ser humano, desde as *gavernas*, sempre *engontrou* algo para se livrar do tédio. Primeiro observou que os animais que *gomiam* umas certas plantinhas, pouco depois, eram *agometidos* por um *gomportamento* um tanto estranho. Algumas frutas *gaíam* da árvore e fermentavam no chão, e era uma verdadeira disputa entre *aqueles* animaizinhos *paleolítigos* para ver *guem gomia* mais *daquelas* bagas *ligoradas*. Daí até o tal neandertal experimentar e distribuir na tribo foi um passo. Os xamãs adoraram...

— Puxa, a senhora conhece mesmo do assunto!

— Anos de experiência, garoto. Você sabia *gue*, na fissura, uma *griatura* é *gapaz* de engolir *golheradas* cheias de noz-*mosgada* ralada para ter algum barato? Argh! Esse é o problema.

— Como assim?

— É *gue* você *nunga* vai *desgobrir gual* o seu ponto de *lougura*, o limite entre o ponto de chegada e o ponto de partida.

E completou, cantando com sua voz rouca e desafinada:

— "É *glaro gue eu tô a fim!*". E você sempre acha que é possível mais uma dose. Alguns vão muito fundo nisso.

E aí ela tirou aqueles enormes óculos redondos e mostrou suas rugas em volta dos olhos.

— Olha, garoto. Eu sou uma pessoa muito vivida nesse submundo.

— Sim, senhora Welda. Eu percebo.

— Por isso, eu te *agonselho*, garoto: não *embargue* nessa *ganoa* furada. Isso se não *guiser adguirir* um cérebro de *minhoga*, com *cigatrizes* irreversíveis nos neurônios, atrofias profundas e sinapses disfuncionais.

Fada, estalando o metal do Zippo Tarantino, acendeu um enorme cigarro de cheiro muito forte, e o cigarro fazia muita fumaça no ambiente, mas muita mesmo.

— Se *guiser* usar alguma *goisa* dessas, use *magonha*. A boa e velha *gannabis*!

Aí Fada ofereceu uma tragada:

— Não senhora, obrigado. Eu não tenho o hábito de fumar.

Mas no fundo eu estava muito curioso em experimentar.

Aí ela falou, enquanto trancava a respiração e a fumaça:

— E o *gue* você acha *gue* o *Nig&Bug* vão achar disso?

— Não sei bem ao certo o que eles pensariam disso, senhora.

Ela soltou a fumaça:

— Tem certeza de *gue* não *guer*?

— Penso que não, senhora. É que não sou um fumante contumaz.

A Fada torceu a boca, em escárnio:
— Bem, eu tentei. *Aqueles* dois, depois, não venham me dizer: "A fada não é de nada."

4\ AU CABARET VERT

> *Eu escrevia silêncios.*
> *Anotava o inexprimível.*
> *Fixava vertigens.*
>
> [Rimbaud, 5.2]

UMA BOA MANHÃ DE UM DIA RADIANTE. TALVEZ AQUELE NÃO FOSSE O melhor momento para estar lá. A Casa Verde era um lugar feito para a noite, quando a música e os perfumes são mais voláteis. Um lugar feito para a noite, quando as sombras são mais cúmplices e coiteiras. Um lugar feito para os lençóis e para os suores.

Por sua vez, as manhãs, sendo os dias radiantes, são de outra vocação. São próprias para a vida, a vida cotidiana e casta. Que se repete, pura, ali como em qualquer outro lugar, e transcorre prática, aberta, obreira. Roupas no varal de brisa, meninos ciscando o chão das galinhas. Flutua o aroma breve do feijão defumado com toucinho. Lavandas vadias no quintal. Chão de frutas e cores calcinadas.

Você percebeu o sol intenso e era branco. Perfeito esse sol, pensando bem.

• • •

O NAVIO APORTOU, PROVENIENTE DE MARSELHA, EM 1975.

Ela desceu, seguiu o tombadilho e caminhou sobre a prancha de desembarque. Trazia uns olhos baixos, olhos de contraste. Olhos de quem dissimula, na bagagem, conteúdos interditos. Talvez um segredo. Uma missão. Tinha os cabelos tristes, sem vida, e compridos, em desalinho. Cabelos de viagem. Cabelos sem vitamina. Um olho negro e, o outro, de um azul quase branco quando o dia era cinza. *Olhos de Rimbaud*. Tristes e profundos, que pareciam conhecer algo de trágico, grave, onde outros olhos não se atreviam avistar. Lábios maldormidos, pálidos, rasos de vasos. Já era possível perceber a discreta assimetria na borda, acima da boca, causando tanta estranheza.

Sim, ela trazia um segredo e uma missão na bagagem. Ela passou por treinamentos, e aprendeu que, na guerra, todas as armas são válidas. Armas brancas. Armas de fogo. Trincheiras. Alcovas. Os prazeres teatrais, os perfumes e os cheiros. Venenos, fluidos e secreções de entranhas. Jogos de sedução. Armas deste porte, não convencionais. Essenciais quando se trata das guerras frias e revoluções.

Ela tentava, com os óculos escuros, pequenos e redondos, equalizar as diferentes cores da íris e, assim, passar despercebida em meio aos trabalhadores do porto e aos viajantes e aos policiais da aduana. Uma pequena palmilha socada sobre o calcanhar diminuía o efeito do defeito que carregava consigo desde os cinco anos de idade, ou seis. Para tratar uma suposta doença do joelho, ela teve o membro direito gessado, ficando acamada por cerca de um ano. Como resultado, uma de suas pernas cresceu menos do que a outra, determinando o claudicar esquisito que a acompanhou para o resto da vida.

Ao passar, incólume, pelos agentes da emigração, foi recebida por dois membros do comitê, que logo trataram de encaminhá-la para um lugar seguro e distante, especialmente escolhido pela direção para iniciar a operação.

Quando chegou por aqui, no sul do mundo, já refeita da longa viagem atlântica, instalou as malas surradas e o corpo magro numa casa de madeira pintada em um verde arruinado. Era uma das muitas vilas que surgiam na periferia da cidade, que crescia no ritmo do Brasil Grande. Um desses lugares que nascem e crescem desengonçados, como um rebento deformado. Um desses lugares que não têm mapas, não têm praças, só aleatoriedade. Na estatística, contava-se apenas os que viviam até a linha da estrada que conduzia parelha ao mangue, tomada por buracos e poças d'água, e caranguejos desnorteados.

•••

SABE-SE QUE O FORMULÁRIO DO CENSO NÃO PREVÊ UMA SÉRIE DE informações referentes a certo tipo de gente, pois que suas vidas, tão diversas e exclusas, não são compatíveis com as perguntas habituais. Este fato acaba por dificultar um tanto o trabalho do escrutinador, então fica assim mesmo, deixa para lá as perguntas. Desta forma, o recenseador não computava os loucos, os entrevados, os paralíticos, os dementes e as moças mal faladas. Estes permaneciam lacrados, em tábuas e pregos, no cômodo dos fundos, longe das cercas de flores e do colorido do jardim. Certamente grande parte das gentes ficava fora da contagem, já que não se sabia ao certo em qual fundo viviam. Por este motivo, as almas em desassossego e os anjos pendentes, também, ficavam fora do escrutínio.

Este era o caso das garotas da Casa Verde. Até que isso seria compreensível, ao menos, quando se pressupunha estar situada fora do perímetro previsto e, certamente, das boas normas correntes.

Mas o fato é que, mesmo excluída das estatísticas, a Casa Verde estava lá. Incrustrada como um câncer. Como a chaga de um lázaro. Exposta, como parte arruinada de um corpo. Dentro, no limite geofísico e político da cidade. Estava lá, ameaçadora. Antes do que conteúdo, mais pelo que sempre se *imagina* do conteúdo de lugares como aquele.

De início, um pequeno paradouro na estrada do mangue, onde os serventes de obra da rodovia, os calceteiros, depois os mascates viajantes, os caminhoneiros suados e famintos aportavam, em busca de um bom prato de comida, substancial e barato. E diversão, que ali era até bem interessante.

Outros passavam em frente à Casa Verde. Bêbados e proxenetas vicejavam como capim amargo por aquelas paragens. Catadores de caranguejos e mariscos no rumo do mangue. Cortadores de cana e colhedores de cebola, retirantes deslocando-se insanamente de leste a oeste, de norte a sul. Boiadeiros sem boiada. Todos os que passavam em frente à Casa Verde, desejosos de um futuro e uns trocados, que não os tinham, que pudesse comprar um pouco de diversão.

• • •

VOCÊ QUERIA SER COMO OS POETAS ANDARILHOS, LOUCOS, QUE buscavam alcançar uns céus e umas impossibilidades. O céu é mesmo um lugar muito longe. Mais ainda umas impossibilidades. Mas não disseram a você. E você estava lá, em frente à Casa Verde, às dez e vinte da manhã, depois de caminhar durante oito dias e oito noites. Exausto, empoeirado, triste. Foram dias inteiros, dias sem fim, andando pelas estradas e matagais, assustado em seu rosto de menino, pavor e cansaço, sufocantes, mas que moviam o seguir adiante, como eram movidos os antigos poetas alucinados. As botinas rasgadas nas pedras do caminho. Não era mesmo o melhor momento, mas você estava lá.

Contudo, acredite, parece que havia alguma coisa de céu naquela manhã. Talvez fosse delírio, de febre ou juventude. Sangue cetônico das horas sem alimento. Mas você viu. Difícil explicar aquela imagem que se aproxima. Visão distorcida, diáfana, um vulto envolto em vestes brancas. Uma mulher. Linda, e envolta em nuvens. Outras duas mulheres a ladeavam, guirlandas de flores brancas. Ela trazia nas mãos comida e água, e no ombro um pano de aquecer. Você era quase um menino, ela o acolheu como quem recolhe um cão desvalido na borda da esquina. Ofertou colo e pão, e uma cama para descanso.

Vinte foram as horas de sono. O dormir agitado dos pesadelos assombrosos, próprios dos esgotamentos e neurastenias. Você tinha medo de fechar os olhos, pois sobrevinham os delírios aterradores. Bocas gritando, gases sulfurosos plasmando das rachaduras da terra, seres difusos fantasmagóricos flanando como cortinas ao vento de um velho casarão cinzento. Escadas, becos escuros, portas que abrem e fecham, sem ninguém que as abra ou feche. O assassino que nunca se vê, oculto pelas sombras do pesadelo. Escuridão. Cigarros em brasa queimando a pele. Labirintos de mercadores em antigas cidadelas orientais.

E suor. Muito suor. Tremores, calafrios. Ninguém será mais o mesmo após uma noite dessas.

Eu vi as mulheres carregando seu corpo pequeno. Franzino, de costelas aparentes, coberto com andrajos sobre o sexo como a fralda no cristo condenado, apoiado nas três verônicas de afrescos sacros.

Eu vi o quartinho ao qual foi destinado, o melhor do lugar. Os lençóis alvos e limpos, cheirando a sol de varal. Uma sadia e oportuna fresta da cortina de pano bruto instigava a troca de ares. O abajur, cúpula azul, configurava o ambiente em calma e tranquilidade.

Alguns livros, veja só, num lugar destes, empilhados nas prateleiras de tijolo e tábuas. Títulos esquisitos.

Só eu percebia, e só eu escutava. A mulher tinha a voz clara e aqueles olhos estranhos, de duas cores. E ela lia ao final do dia, como quem lê para acalmar o filho.

• • •

DE REPENTE, LIVRE À ÁGUA QUE ESCORRIA PELA SARJETA, UMA DOBRA-dura, origami. Livre da mão do menino o barco escoou como uma tábua náufraga na correnteza da maré. A corredeira, margeando o meio-fio, um rio de oceanos e lagos imaginários. Eu, feito o barco ébrio de liberdade. E eu deslizava sem me importar com o furor dos trovões, flutuando sobre os vagalhões das procelas, livre dos avisos e dos faróis.

Como a espuma branca no arrecife, as bolhas rasgavam-se à quilha de papel, que abria passagem no chão encharcado da cidade.

A chuva forte de verão, na qual o menino lançara o seu barco — o barco ébrio — como uma nau de viagem às fronteiras, finisterras. Eu seguia pelo mar de verdes jardins, desbravando as águas desconhecidas, bravias, o barquinho de papel.

Das Áfricas aos Panamás, os lívidos arco-íris no fim das tardes desse verão. Dos charcos, aos deltas e nilos. Dos estios, estuários e mesopotâmias.

Só os meninos, com seus olhos de viagem, veem tantos peixes, arraias e sereias. Só os meninos veem as lágrimas nos olhos do peixe. As ilhas e a margem das praias. Só os meninos veem calma nos Maelstroms traiçoeiros. Só os meninos afagam a nuca do Leviatã, como quem embala a asa trêmula da borboleta de maio.

● ● ●

VOCÊ JAMAIS SABERÁ DISSO. DE COMO TUDO SE DEU. EXATOS TRÊS dias se passaram, na pontualidade terçã. A janela estava novamente aberta, e o ar úmido do mangue penetrava, fino e brilhante, no quarto que rescendia a suor.

A mulher entrou no aposento. Um aroma adocicado demais chegou até você, eu percebi. Alergia ingrata, e o nariz sempre ficava vermelho como um tomate. Mas parece que o ar da baixada lhe fez bem e dessa vez a flagrância penetrou sem dor.

— 'Brigado, moça.

E a mulher vestida em malha fina de um decote danado, e um exato *blue jeans* a definir o traçado das pernas e o púbis marcado, a andar pelo quarto, laboriosa ao abrir as janelas, esgaçar as cortinas, organizar as roupas ao chão, varrer o cisco das tábuas.

— 'Brigado, moça.

Ela parecia muito ocupada, mas não ao ponto de ignorar o próprio coração a metralhar e de desaperceber um risco de suor a penetrar-lhe os lábios, e não ao ponto de desprezar a contração esquisita dos mamilos.

Ela sucumbiu, enfim, deitando-se na cama. E o toque entre os corpos exalou, como um esguicho, o aroma exótico.

Feromonas.

O garoto verteu-se longamente sobre o corpo da mulher, quando então as carnes tremeram um longo espasmo. Isso jamais havia acontecido antes, não é?

● ● ●

ALGUNS LIVROS, VEJA SÓ, NUM LUGAR COMO AQUELE, EMPILHADOS nas prateleiras de tijolo e tábuas. Nomes esquisitos.

Você não sabe. Mas vi você saltar do chão, antes de ficar petrificado do susto.

O seu livro de cabeceira! O livro tantas vezes lido, marcado em tinta nas passagens mais emocionadas! Frases, parágrafos inteiros copiados na memória! As quinas de páginas vincadas da última leitura.

A. Rimbaud
Le Bateau Ivre.

5\ UM LONGHORN

*Chocam ovos de cobra
E tecem teias de aranha.
Quem comer tais ovos encontra a morte.
E de cada ovo esmagado sai uma víbora.*

[Isaías, 59,5]

É APENAS UM POBRE DUM LONGHORN. DE VEZ EM QUANDO UM DELES aparece assim do nada, no raiar de alguma estação do ano, sempre que uma colheita se inicia. Às vezes, a safra da cebola, preenchendo o ar com o cheiro, ao mesmo tempo, adocicado e azedo. E fermentado, como gases intestinais. Às vezes, durante a colheita do morango, o frescor do aroma frutado e floral.

São pessoas amarguradas os Longhorn. Ninguém sabe bem por quê, mas eles são muito amargurados. A resposta deve estar perdida na linha das gerações. Algum elemento presente no sangue circular das famílias. Uma ferida secreta a instigar o nervo da dor amarga.

O fato é que, pelo menos uma vez ao ano, aparecia um deles. Andarilhos, pelos caminhos do vale, com os pés cascudos e andrajos sobre o corpo. Um Longhorn.

Ninguém sabe de onde eles surgem, onde vivem.

Sagas contadas, de todo o tipo. Histórias assombrosas, histórias de fracasso e infortúnio. Conta-se que, nos primórdios, eram prósperos e evoluídos em sua reclusão do mundo. Praticavam uma espécie de religião própria, cuja versão dos Testamentos era aplicada com rigidez no cotidiano. Violência era incompatível com tal interpretação. A ética do amor e da solidariedade comunal regia todos os movimentos da vida.

Os produtos da terra e os frutos do rio eram distribuídos em comum, um pouco mais a quem precisava mais. A graça recebida no dia era celebrada aos ritos do pôr do sol, ou à chuva, se assim lhes aprouvesse. O fogo sagrado permanecia indefinidamente aceso na pira, em formato de cálice, no centro da praça redonda, como a recordar eternamente a herança ancestral dos povos.

Assim viveram, pelas terras do vale, até que sobreveio a tragédia. Um tipo especial de apocalipse que todos pressentiam, anunciado tantas vezes, por tantas palavras tortas dos tantos profetas alucinados.

Os Longhorn, desde então, expostos à maldição e aos presságios, vagueiam pelos caminhos a esbravejar suas amarguras. Abandonaram as lavouras, agora transformadas em áridos terrenos estéreis. As vacas de leite, por falta de ordenha, brotaram mastites sangrentas e urravam de dor até não aguentar. Largaram as ovelhas à própria sorte, que, por instinto primal, tornaram-se selvagens e predadoras. Das casas restaram os fantasmas, sobre as amuradas e ruínas dos tempos auspiciosos.

Os Longhorn.

Todos estão condenados na cripta dos três dias, presos à visão do futuro que não pode ser revelado.

Não se iludam, contudo. Posto que, do futuro, Ele já era sabedor.

Os Longhorn não toleravam as rinhas de galo e o jogo de cartas. Também não toleravam *Wacholder Schnaps*, e outros vícios que empestavam o corpo. Não admitiam fornício ou luxúria, e mesmo a dança sensual era execrada.

Anticlericais e iconoclastas, praguejavam contra os adoradores de imagens e contra os que se propalavam intermédios do divino.

Todos estão condenados, perdidos sob o nevoeiro denso, que se espraia na colina.

Estará em ti a decisão: afasta o cálice de sangue, entorna o pecado ao chão.

Há três anos, na Grande Safra da Cebola, quem apareceu na região foi Felítia Longhorn. O cheiro era característico. Uma combinação de odores sulforosos e amoniacais, que transitava por todas as frestas das portas e poros dos habitantes do vale, e que durou enquanto Felítia permaneceu nas redondezas. Dali em diante, o cheiro da safra de cebola ficou conhecido como "Bodum de Longhorn".

Agora, nesta temporada, quem veio foi o Frog Longhorn. Chegou proferindo palavras, das que não se diz aos seres elementais. Ao invés de alvíssaras, pela estação da colheita, sua língua desatava impropérios, palavras da cizânia. Como quem queira se vingar do futuro.

Irmãos, irmãzinhas:
Por que te penitencias tanto?
Em cada cruz, em cada canto,
Por que tanto peso sobre os ombros?

Aos poucos os curiosos e os dissimulados, os trabalhadores e os baldios, os beberrões de nariz vermelho, todos moradores do vilarejo de Sacramento, se aglomeravam em volta do pregador alucinado que falava rude, em paráfrases mancas e enigmáticas.

— Pastor — disse alguém dentre os ouvintes —, mesmo com toda labuta na terra, este ano a colheita foi de míngua. O que fizemos de errado?

O Senhor dá e o Senhor tira. Os tempos de bonança são prenúncio da penúria que já não tarda. A riqueza é a porta da falência. Aceita a lição, aprende com a lição.

— Pastor — disse outro alguém, um tanto mais sarcástico —, como faço para ter boa vida e um alpendre com avencas e pássaros ciscando?

Irmãos, irmãzinhas:
A resposta não está no livro cigano.
De onde sopra o vento, de cada canto,
É lá que está a resposta ao teu engano.

E assim ele seguia, pelos caminhos do vale do rio Maná, de Sacramento a Avemãe, verbalizando antigos provérbios e outros mais novos, inventados, temperados ao pó da estrada. Respondia às perguntas dos passantes, às vezes contrariado com a ignorância dos homens, outras vezes sardônico em seu modo de referir-se aos iludidos. Ocasionalmente, ainda, raras vezes, deixava escapar doces palavras quando inquirido sobre o amor e o sentido da vida.

Ao final do dia, já cansado e satisfeito das eloquentes frases e das argumentações certeiras, acendia uma fogueira na beira da estrada. Aquecia o corpo e moqueava a refeição, de tubérculos e raízes.

O Curicaca, movido por uma incontrolável curiosidade, se aproximou da luz da fogueira, já noite, empunhando a corda do cabresto, sinalizava para a mula Fiona.

— Lá está o Longhorn!

Dizem, à língua pequena, por toda a região de Sacramento, que o Curicaca é rebento abandonado pelos Longhorn e que uma família alemã cuidou dele até que crescesse. Mas, se é fato ou fátuo, não se confirma.

— Hey, Longhorn! Estou chegando para trocar palavras!

Frog Longhorn, olhando de beirada, permaneceu em silêncio, como permanecem em silêncio os homens sábios, atiçando a fogueira e chamuscando o pedaço de inhame. Grilos tilintavam na noite.

Curicaca não se fez de rogado e já foi oferecendo seu cantil, recheado de chicha de milho, aquele refresco danado ensinado pelos bugres do altiplano.

O Longhorn sentiu um arrepio ao ver a oferenda. Contudo, como chicha não é vício tampouco é *Wacholder Schnaps*, aceitou um belo gole, quase de bom grado.

O Curicaca andava pensativo desde que vira aquelas estranhas luzes no céu. Procurava respostas que ninguém se atrevia a proferir. Tinha poucos amigos, e poucos deles eram de falar. De explicar menos ainda. Reverendo Arno era cético demais para com as estranhezas e mistérios siderais, ao menos assim procurava transparecer. O Wilhelm Becker há muito deu em desatinar, e não diz mais nada com nada, depois daquele dia em que foi encharcado com a gosma da serpente. A Matilda Becker andava ocupada demais com suas vacas e suas cabras e suas galinhas para importar-se com fatos enigmáticos. Foi quando se ouviu o Frog Longhorn replicando palavras bonitas e fortes, que transpareciam sábias, e adequadas para um sem-número de explicações.

— Hey, Longhorn! Responda sobre coisas estranhas que andei vendo!

Os olhos nunca são os melhores para revelações.

Frog Longhorn deu mais uma bicada no cantil de chicha de milho. Melhor a língua solta para tantas explicações. O Curicaca aguardava as próximas palavras, os olhos intensos, ouvidos atentos.

Mas algo sinistro aconteceu: súbito, Frog Longhorn transmutou a feição, deu um salto para trás, como se feito de um esqueleto de borracha, e ficou de cócoras. Ouviu-se o urro do Longhorn na noite calma do vale. Os olhos ferveram, intumescidos. As veias da fronte e as do pescoço tornaram-se repletas, como o leito d'água represado nas comportas de um açude. O suor brotava em seu rosto. O pelo eriçou, o gato do mato. Quasímodo, ele andava curvado para a frente, torto, uma grande giba no dorso, saliente sob a túnica puída. Som gutural nas palavras.

"Olhei, e eis que um vento tempestuoso vinha do Norte, uma grande nuvem, com um fogo revolvendo-se nela, e um resplendor ao redor, e no meio dela havia uma coisa, como de cor de âmbar, que saía do meio do fogo. E do meio dela saíam à semelhança de quatro seres. E esta era a sua aparência: tinham a semelhança de homem" (Ezequiel 1:4-5).

O Curicaca arregalou os olhos de espanto.

— Hey, Longhorn! Desculpe a ignorância, mas o que quer dizer tudo isso?

O Longhorn exigiu mais um gole da chicha. Parece que o efeito da bebida despertara alguma entidade interior no tal do Frog.

Enquanto o possuído andava em círculos, torto como um aleijão, e proferia palavras guturais evidentemente sem sentido, ao longe o Curicaca avistou as tochas que iluminavam o caminho de dezenas de peregrinos que buscavam as palavras de um Longhorn qualquer. A réstia de luz dos archotes iluminava seus rostos, pontilhados de fios de barba por fazer e sulcos escavados na dureza dos dias.

Um sem-número de estropiados dos campos em crise. Ervateiros sem trabalho, enxotados do Oeste. Lavradores falidos, desalojados de suas roças, áridos. Descendentes dos jagunços sem previdência. Bugres espoliados. Gente arruinada. Doentes, malucos, mancos. Cavaleiros Encantados de São Sebastião.

Quase também podia ver nos rostos iluminados pelos archotes o fio de esperança por boas-novas, alvíssaras quiçá, proferidas pelo misterioso andarilho. Eles se aproximavam, e eram muitos. Tinham lá como bandeira o pano branco transpassado por uma faixa verde e uma cruz, a cruz de Carlos Magno.

Mas como explicar tanta gente peregrinando naquele local, o vale do rio Maná, entre Sacramento e Avemãe, época de safra tão parca? Durante o plantio e a colheita da cebola, é comum a contratação de trabalhadores temporários para a lavoura. Boias-frias. A população do vale, de certa forma, já estava acostumada com a chegada de um tanto de gente que se alistava para os trabalhos mais grosseiros da roça. Gente que vinha ao encontro de nada, e retornava novamente para o nada, ao fim de cada temporada. Era gente que chegava calada, pois se sabia sem voz. E voltava calada, pois se sabia sem ouvidos a ouvi-los.

Mas desta vez era diferente. A safra fora ruim, de estiagem e calor. A contratação de temporários seria restrita. No entanto, eles aportaram às centenas na região, como se ouvissem a anunciação de tempos prósperos. Como se viessem ao encontro de terras de Canaã.

— Hey, Longhorn. O que, afinal, está acontecendo nesta terra?

O sol retumbante virá no ovo da mulher, e através da pele fina, película, pode-se ver o fruto da serpente e o futuro que anuncia.

O Curicaca era de pouco entender. Pousou o queixo sobre o polegar, com a mão fechada, como que estivesse a pensar profundo.

Toda aquela gente, centenas, montou acampamento. Fogo, a primeira providência. Um veio d'água por perto é fundamental. Logo um varal improvisado nas cercas de arame farpado que limitavam os campos.

Repolhos assados. Inhame. Algum coelho desavisado.

De início, as vozes soavam em uníssono os cânticos de salvação, em litania. A lua grande no céu impregnava os campos em tons prateados, e o clarão na noite convidava a celebrações da alma. O arranhar estridente de uma rabeca principiou a festa, e os homens e as mulheres improvisaram suas danças, embalados pelos goles doces do vinho de mosto.

Sonhos são férteis em noites feito esta. Clara em calma no verão.

O mudo almeja falar. Jovens enamorados anseiam uma gleba. A moça sonha um amor. Homens pedem dias melhores.

Pois que dê cor ao cego.

Pois que dê verbo ao mudo.

Pois que dê terra ao fruto.

Ali se falou dos novos tempos que virão.

Ali se falou de terras para todos e trabalho para todos.

Pequenas labaredas rebrilhavam ao alto, sinalizando que mais uma safra virá.

E o homem criou Deus a sua imagem e semelhança.

6\ AMANITA

Peixinhos no lago
E o algodão crescendo farto.
Seu pai até que tinha uma bela grana
E mamãe, uh, era bem bacana.

[Gershwin, 5-2]

AQUELE CACHORRO DANADO ANDAVA MUITO ESTRANHO NOS ÚLTIMOS tempos.

Pirata.

Usava o tapa-olho de um jeito invocado. Caminhava gingando, em suas três pernas. Malandramente. Maneiro, o jeito dele.

Diariamente, pela manhã, bem cedo de orvalho, ele descia a colina e seguia até os pastos verdes, onde as vacas mascavam o capim inda úmido da noite, os tornozelos enfiados na turfa, enquanto anuns raspavam o couro de seus lombos num roçar gostoso, decepando os carrapatos enjoados.

O campo repleto de lama e bosta e ervas rasteiras e arbustos e margaridinhas amarelas, e nesse amálgama fermentava o cheiro tão distinto dos pastos.

Ah, e é claro: brotavam faceiras, as amanitas suculentas.

As vacas também já haviam percebido, plácidas, o jeitão daquele cachorro danado. Pirata chegava, arfante alegria ao sol da manhã. Escolhia as maiores, as amanitas. As mais vivazes, as de carne mais tenra. Saboreava o doce e inebriante mel da vida.

Amanitas gloriosas.

...

INGERIDAS COM CALMA, MASCADAS DE MACIEZ, ERA SÓ ESPERAR o efeito. Fio de arrepio em seguida percorria a espinha, perfilando alívio e prazer e leveza. Depois de engolir, era só esperar.

Então, súbito, céu logo rebenta e se transforma em plenitude de cores.

Que bom, que vontade de correr livre no pasto, a brisa perpassa entre os pelos. Vê o voo de milhares de borboletas que debandam, em asas de véu e veludo. Azuis, amarelas, lilases.

Nuvens. Nimbos. Rabos-de-galo. Peixes voadores. Homens de barba. Gomos de nuvens. Nuvens em algodão-doce cor-de-rosa e azul. O senhor barbudo de bochechas rosadas soprando as aves de cetim.

Latido retumbante na imensidão dos pastos. Ecoa por entre os castelos de cupins, milhares no largo campo. Reverbera mundo afora!

Revoada de passarinhos escondidos não sei onde.

Saíras azuis.

Saíras amarelas.

Verdes.

Lilases.

Saíras sete-cores também.

Azul-violeta, verde-turquesa.

E toda a revoada tingindo o ar, delírio onírico. Libélulas de voos entrecortados de cores, e dá-lhe azul e amarelo.

Não é brincadeira, não!

Então ele avança, o Pirata. As patas que afundam levemente, quase flutuando, nos húmus de veludo. Ao longe avista a encosta repleta de sorvetes. O branco. O roxo. O amarelo. As copas dos ipês.

A mesma brisa da manhã, que sopra delicada e gostosa, penetra as narinas fendidas, úmidas, atiçando os perfumes flutuantes das flores silvestres desta época do ano, nos campos do vale do rio Maná.

Eram sensações tão intensas que, do nada, então, o tempo guinou, deu meia-volta, volveu aos tempos de infância. Agora ele era um cãozinho novamente, após a volta do tempo. Um filhote que se desgarrou de mamãe.

Todas as cores da infância, os cheiros, sabores, sons.
Cicatrizes sensoriais.

Bateu saudade: uma lágrima furtiva correndo pelo olho que sobrou. Manny passeando com seus cinco filhotinhos, em família, sem pai como são as famílias. Todos eles, os filhotes, em estampas pretas sobre pelugem branca, um diferente do outro, em criativas combinações do acaso. O acaso é o pai, em amores e cios fugazes.

• • •

MANNY CUIDANDO PARA QUE NENHUM DELES SE PERDESSE NO caminho longo da vida, como sempre fazem as mães. Um bom colo sob o sol do inverno, um colo suculento e doce de alimento e carinho, um colo calmo de ensinamentos.

Se houver dor, que se lambeie a ferida.

Se houver fome, que se busque na terra a seiva.

Se houver contentamento, que se agite a cauda, em encantada alegria.

Ah, como você sente falta dela agora. Como sente falta de Manny...

Mas era uma bela tarde, você lembra bem.

Como será o mundo do lado de lá? Como será o mundo quando se está sozinho no mundo? Como será o mundo quando o passarinho afia as asas e ganha os espaços abertos e absurdos, amplidões além do ninho?

— Então você está indo embora, não é? — ela disse.

— É. Parece que sim.

E aí vocês tiveram uma conversinha.

— Não é a primeira vez nem será a última — ela disse, um tanto resignada. — É minha quinta ninhada, e todos estão aí pelo mundo. É o destino da raça. Esse é o jogo da vida.

— Sim, senhora. Eu sei que é. Eu sei.

— Acontece que não sabe não. Você ainda não conhece o jogo, mas logo vai conhecer. O verdadeiro jogo é o seguinte: se você tem linhagem, uma boa linhagem, eu quero dizer, você fica do lado rico da vida. É adotado, tem uma bela casa, comida balanceada da melhor qualidade. Veterinário, vacinas, xampu. Essa é a parte boa do jogo. Mas se você é cusco e sem linhagem, raso, significa que está do *outro lado* do tabuleiro desse jogo. E aí você fica com o que sobra da festa, está me entendendo?

Ele achava que estava entendendo, e imaginava também que já não era mais nenhum filhotinho indefeso, e que já tinha mais de seis meses de idade; e isso significava que já era quase um adulto.

— Sim, você está certa. Estou indo, essa é a minha hora.

Algum silêncio.

— Não pretendia deixar você triste, Manny.

— Não estarei triste. Vida sempre segue. Mas guardarei na lembrança a estampa linda de teus pelos.

— Todo cão tem sua hora de partir.

— Sei muito bem disso.

Duas gotas caíram sobre o solo. Eram lágrimas.

Aí, então, o cãozinho saiu caminhando pelos prados, devagar de início, cabeça baixa.

E nunca mais olhou para trás.

• • •

MAS NO FUNDO, LÁ NO FUNDO, ELE SÓ QUERIA SABER O QUE TINHA além do Pasto de Amanitas.

"Não se pode voltar no tempo", ela teria ensinado.

Mas ninguém manda no tempo.

Assim, passado o passeio pretérito, vida que segue. O tempo é senhor.

E aí, ele chegou a um cruzamento onde uma mão da estrada levava para a cidade e a outra para a direção oposta. A Mão-da-Estrada-que--Leva-à-Cidade era larga e estava iluminada, pérolas faiscantes penduradas nos postes, e as mariposas se perdiam no fascínio fatal.

A Mão-da-Estrada-da-Direção-Oposta estava bem precária, e as luminárias eram alimentadas a querosene, mas há tempos não se via querosene por aqui.

E aí, ele pensou escolher esta mão da estrada.

Mas, bem ao contrário: decidiu-se pela Mão-da-Estrada-que-Leva--à-Cidade. Quem explica?

Caminhando desajeitadamente, patas supinas e um jeito acanhado, ao molde dos humildes do mundo, ele decidiu ganhar a cidade e suas luzes. A autoestrada, a esta hora da noite, era assustadora. Caminhões gigantes deslocavam o ar, sim o ar de respirar, ao passarem na velocidade descomunal. Cachorros-do-mato, e alguns felinos pardacentos, de olhos faiscantes, seres da noite, atravessavam a pista de rodagem, talvez pouco cientes do perigo, ou quem sabe até cientes, mas impetuosamente desafiadores de si mesmos.

"O Lobo usa capote!"

Mas haveria de ser apenas a impressão inicial, ele pensou. Afinal, há que superar as agruras do mundo. As pedras foram feitas para atrapalhar o caminho, mas cabe ultrapassá-las. Logo estaria diante das garotas, na cidade, e, quem sabe, arriscaria um poema. Cadelinhas, pelugem sortida, as orelhas de variadas estampas. Calçadas da fama, *big city*. Fotografias em revistas. O jovem e talentoso artista nascido dos estratos sociais mais humildes. Glória. Sétimo Céu.

O Diabo usa capote!

Mas a Mão-da-Estrada-que-Leva-à-Cidade era aparente e traiçoeira. Havia perigos, e não eram somente os caminhões sugadores de ar, nem os felinos pardacentos ou as hienas magrelas, eriçadas insaciáveis.

O pior eram os muitos caminhos que derivavam da mão principal. Placas mal desenhadas ou pichadas também não ajudavam em nada. Nenhum ser que soubesse falar sua língua para revelar as coordenadas. Aí então ele se embrenhou numa brecha da mata que lhe parecia segura. Segue adiante. E, novamente, os caminhos redundavam em novos caminhos, e, a cada rumo que escolhia, outros caminhos se abriam.

Na primeira noite, perdido na mata cerrada, ele, então, avistou a clareira mais clara que poderia haver, mesmo no meio da noite. Como um raio, não se sabe se da terra ou do céu, aquele brilho de abril, intenso e tranquilo, quase aconchegante. Um prato, um disco de luz faiscante, vindo do céu. Não trazia medo. Trazia calma.

Ali, perto do Pasto de Amanitas, ele via aquelas coisas estranhas: as luzes faiscando no céu, homens cavando buracos que pareciam trincheiras, mulheres guerreiras entoando o cântico partizan. *Oh, Bella Ciao*.

Imagine! Haveria de ser as tais percepções agáricas.

Na segunda noite, no entanto, aquilo que aconteceu, certamente, não fora alucinação.

Ali, o Diabo usando capote.

•••

FOI ASSIM: A FERA ENORME SALTA DA MATA ESPESSA, DENTES AFIADOS como sabres, os olhos intumescidos da gana assassina, a saliva explodindo dos cantos da boca. A mandíbula potente, em um golpe só, arranca a pata do cachorrinho, o Pirata. A unha da fera, escavada como um estilete, remove um olho. Pirata.

Pavor e dor. Dor imensa.

Recobrou a consciência quando se percebeu, vivo, nos braços daquele homem assustado, que o recolheu na beira da estrada, em meio à chuva do temporal. Embrulhado num pano sujo, seu corpo ungido com óleo de caminhão. Já sem a perna e um olho enucleado. Pirata.

O homem o colocou no caminhão velho que seguia pela estrada precária. O homem também gemia sua dor, e pulsava seu sangue para fora, na perna. Ferido, ao que parece, com estilhaços de uma emboscada.

São lembranças e, como ao fim de sonho, vão evanescendo. Exausto dos vulcões de formas e cores e todo o conteúdo abstrato de oníria, o Pirata se deita na relva e descansa. Um leve sorriso de prazer, a língua solta, tranquila. Ah! Amanitas macias!

Depois retorna à colina, garboso, andar gingado de três pernas e o tapa-olho invocado.

Pensava, com carinho, naquele homem. Alguém sempre depende de nossa saudade.

7\ O COMÍCIO DAS MULHERES

DIANTE DO TABLADO COM MULHERES DISCURSANDO, CERCADO POR uma plateia formada por dezenas de mulheres um tanto agitadas. Palavras de ordem, versos rimados, cânticos e hinos.

Nick&Buck, os gêmeos, são uns caras muito inteligentes mesmo, e também meio ligados nesta coisa de política e movimentos e passeatas e comícios. Eles diziam que era preciso frequentar mais a vida, conhecer como funcionam as engrenagens e firmar posição no mundo. Eles diziam que era necessário desenvolver o pragmatismo e o ativismo político. Eles diziam que era fundamental se preparar para a Guerra Fria. E eles insistiram com Whitman para ir ao comício.

A despeito de que, por natureza, eles tivessem aquele rosto de assombro, a verdade é que nunca te faltaram, não é? Nos piores momentos eles estavam pela área, faziam-se presentes.

Depois que Rog&NellyMae desistiram deste mundo, sabe-se lá a razão, foram eles que ofertaram os ombros e, compassivamente, acolheram aquele garoto ingênuo que não sabia nada da vida. Nick&Buck eram muito discriminados, por serem assim tão estragados. Eram bem estragados mesmo. O Nick com aqueles olhos verdadeiramente enfiados no crânio, a cabeça pequena e os lábios enormes. O Buck sempre trocando as palavras, formando frases sem sentido. Nick e seus problemas com a bebida. Buck, sempre suando, o rosto de nariz oleoso, atormentado por um punhado de fantasmas que teimavam em ressurgir de alguma trincheira da Segunda Guerra Mundial. Cabeça fina, tronco e pernas gordas.

Rog&NellyMae foram os únicos que não os rejeitavam na vizinhança. Talvez por isso mesmo os gêmeos tinham, verdadeiramente, tanta gratidão. Assumiram para si, então, o compromisso de ensinar algo para aquele garoto, e deveriam se transformar em uma *espécie* de tutores. Você sabe, aí eles viviam dizendo isso e aquilo, e o que deveria ser feito e o que não deveria ser feito. É certo que a maioria dos conselhos e recomendações entrava por um ouvido e saía pelo outro.

Mas daquela vez Whitman resolveu aceitar o palpite deles e acabou naquele tal de comício das mulheres.

•••

ÔNIBUS-DE-LINHA, ATULHADO, SEGUIA EM DIREÇÃO À ESTAÇÃO central, onde aconteceria o tal do evento. Ônibus-de-Linha seguia, e seguia numa velocidade absurda, e era o que parecia: trem descarrilhado.

Volta e meia o motorista do Ônibus-de-Linha tirava o cantil de dentro do painel enferrujado e, quase sem disfarçar, entornava um gole daquele líquido que parecia uma bebida forte, como uísque ou rum. E em seguida enrusgava todo o rosto, e estalava a boca, um lábio no outro.

Ele manejava habilmente a direção do Ônibus-de-Linha, e desviava dos cones de sinalização. Ele usava óculos escuros e a camisa de seu uniforme tinha uma lapela no ombro, com botão, como as camisas dos militares. Mas era uma lapela muito grande, quase uma dragona; e quando o sinal fechava, ele tirava umas broas de milho do bolso da camisa. De vez em quando o motorneiro precisava parar num dos pontos do Ônibus-de-Linha e um tanto de gente saía e outro tanto de gente entrava, e ele logo providenciava outro gole e outra broa de milho.

•••

WHITMAN TINHA PROBLEMAS COM TANTA AGLOMERAÇÃO. E NAQUELE ônibus fechado o coração, como uma trovoada de tambores, desandou a palpitar. Suor gelado escorrendo no peito, roupa abaixo. Sentiu a cabeça girar e a mortífica sensação de não dominar mais o próprio corpo. Sob o efeito dos fungos e dos cheiros e das taras que cumulavam naquele Ônibus-de-Linha, sentiu as pernas arquearem. Quando, então, a garota miudinha começou a abanar seu rosto, com uma espécie de leque indígena, trazendo um pouco de ar corrente.

— Você está bem? — perguntou ela, mesmo sabendo a resposta. Ele abriu parcialmente os olhos como resposta.

Ônibus-de-Linha trafegava em grande velocidade, transpondo os semáforos e os cruzamentos. Nos pontos de embarque, um tanto de gente entrava e outro tanto saía. Então os olhos de W se fixaram novamente e, pouco a pouco, o consciente se fazia mais presente. A garota miudinha continuava a abanar e, ah, como isso fazia bem!

Da Estação Central, ponto final da rota, já se podia ouvir as vozes como falas num megafone, metálicas e abafadas. "Ela segurou minha mão e me conduziu por entre a multidão, e eu até que comecei a gostar daquela situação, já que, de alguma forma, sentia-me protegido e acariciado por aquela mão pequeninha e macia. Para falar bem sinceramente, eu nunca tinha sentido isso. Nenhuma garota havia segurado minha mão, pelo menos não daquele jeito. Ela então me mostrou os cartazes colados nos muros e as bandeiras coloridas flanando ao vento que soprava do mar."

A moça miudinha conduziu Whitman em meio à agitação das mulheres. A movimentação era intensa, e ela tomou sua mão e o guiou com a leveza de um passarinho, e era assim que ela era: um passarinho, um corpo feito de ossinhos de passarinho. E ela o conduziu defronte ao tablado, perguntou seu nome e disse: Mariinha.

Sentaram-se junto ao meio-fio, com as pernas cruzadas como as pernas cruzadas de uns índios apaches, e conversavam muito facilmente. Os assuntos surgiam e fluíam sem esforço, e era como se estivessem numa dimensão diferente das outras pessoas, como se uma película separasse seus corpos dos outros corpos.

Acho que ela foi a única pessoa no mundo que não perguntou o que significava o W.

•••

O ALTO-FALANTE ANUNCIA O INÍCIO DO COMÍCIO:

Marília entra em cena, mestre sem cerimônia.
Anuncia em voz plena, cortante, feito uma espada sarracena.
Em alto volume no primeiro instante,
que, no entanto, reduz em voz suave quando a plateia se atenta.

A primeira atração:

Julia entoa a música em voz morena.
Tem a precisão de um sussurro.
Traz olhos calmos, serenos,
A esconder outros olhos de tumulto.

A plateia acompanha o hino.
Que aqui é música de amor e música de protesto.
Que segue as falas duras, as juras, os manifestos.

E sobre o palco colorido, Leila diz (ao iniciar o discurso):
— Já não tão muito, o mundo!
Já não tão absurdo,
A aldeia mundial de McLuhan!

Ao que Marta contrapôs, cética, escancarando os olhos a todo aquele conjunto:
— O mundo é pequeno!
— O mundo é um Pernambuco!

Sobre o palco democrático, feminino,
Laura introduziu outro tema:
— A poesia não é o poema.
E apontando para o mar de multidão:
— O verso é isto tudo: a terra sem fim, extensa.

Sonia, entretanto, quer outro assunto.
Talvez um novo mundo. Quer falar de luta:
Uma flor rude, de espinhos nas unhas.
Sua fala é incisa e aguda, sem margem a dúvidas.

Regina apoia, com palavras de ordem, inúmeras.
Palavras múltiplas, a tecer um fio de rima.
Misturando rebelião e poesia.

Vestida de guerrilha, Tereza.
Não é de estancar a faca na bainha.
Não, não é de sua natureza!
Conclama ao corte preciso, cirúrgico,
Com verbos de decisão e certeza.

A seguir, Marília volta à cena, organizando o evento.
Indica o caminho das falas, controla os temas e o tempo.

Mariana está inscrita.
Quer falar sobre o oculto. Nela impera o mistério que em seu cotidiano pulsa.
Nas roupas, pedras, vestida em pano rústico:
Estilo telúrico de bruxa.

Há também quem queira calar.
Renata disfarça, fica num canto.
Não fala de si. Nenhum fato a confessar, impuro.
Não será, no entanto, o silêncio o próprio conteúdo?

Mas, ao palco democrático,
Também cabe o amor prosaico,
Os sentimentos não contidos.
Assim, em Sandra, impera o ciúme.
Por mais que tente, já não entoa o calmo mantra.
Busca, convulsa, o rosto. O rosto de um namorado.
Em vão, um rosto entre tantos e tantos.

●●●

APENAS UM GRITO À DISTÂNCIA. OS TEMPOS ERAM DIFÍCEIS. AS RUAS eram trincheiras de uma guerra estranha: uma Guerra Fria. Guetos, becos, casbah. Ajuntamentos em praças e esquinas não podiam ser tolerados. Naquele dia, enquanto as falas no comício, ouviu-se, ao longe, um repique metálico no chão de pedras, na praça. Um tropel, nervoso e agitado. A tropa de cavalaria.

À frente, eram belos os cavalos dos generais, o pelo macio e brilhante de um rocim no campo. Músculos torneados, enrijecidos, projetavam-se, imponentes, à multidão de garotos e garotas assustados. Alguns ainda sentados no chão da praça, outros a fugir pelas ruas laterais, e outros ainda arriscando uma reação.

Surge a tropa. Dezenas de soldados. Meninos, quase raquíticos, em montaria mocha com moscas rondando e zunindo. Os cavalos espantando os insetos com o rabo. Os quase meninos, como num parque de diversões, não sabiam bem o que faziam ali. Pareciam alegres e orgulhosos, rindo, despreocupados. Alguns carregavam bandeirinhas como se fossem bandeirinhas da Espanha, e outros comendo os sanduíches preparados em casa, para merenda, por falta de melhor soldo.

Ruidosos, os caminhões traziam na carroceria outros tantos meninos, quase soldados, e os meninos eram pobres e seus dentes um tanto estragados e os fuzis eram pesados demais para seus ombros de meninos, pareciam cobertos por ferrugem, e os quepes escorregavam de suas cabeças, na falta de quepes de tamanhos adequados.

●●●

MARIINHA PEGOU MEDO NESSA HORA, ASSUSTADA EM SEU CORPO DE passarinho. Mas ela riu bastante quando eu falei coisas engraçadas sobre o patético e atrapalhado golpe militar. Nós seguimos adiante, em meio à fumaça de gás lacrimogêneo, por entre a avenida central e os vendedores de isqueiros e arame de limpar fogão e compradores de ouro e diversos entregadores de panfletos e todos os funcionários que caminhavam para o trabalho.

Nós percebemos que estávamos sendo seguidos, e não era um militar uniformizado, era um espião à paisana. Um sujeito com uma cabeleira esquisita, eriçada por fiapos pontudos, uma coloração cobre bem desbotada, um nariz protuberante como um focinho, e ele tinha uma cabeça enorme e redonda como se fosse um balão de aniversário com os olhos e a boca e as sobrancelhas desenhadas.

Eu percebi medo no rosto de Mariinha. Neste momento, procurei protegê-la dos perigos, e nessa hora os meus braços eram braços de grande envergadura. Eu perguntei onde ela morava e disse que iria levá-la em casa para que se sentisse segura. Ela apertou com mais força a minha mão e me abraçou, e, mais uma vez, eu senti como se o mundo fosse apenas nós dois, e nós não percebemos os prédios destruídos pelo bombardeio, e também não percebemos o chão da praça tremer ao peso dos tanques que invadiam e amassavam as flores da praça e esmagavam os bancos da praça e o antigo coreto e arrancavam com suas esteiras de ferro, monstruosas lagartas, o piso de pedras portuguesas e seus delicados desenhos mosaicos do início do século passado.

Eu usava um lenço no rosto e Mariinha usava uma bandana com mandalas como estampa, e nós usávamos as bandanas para nos proteger dos gases de pimenta e do fedor dos excrementos dos cavalos e dos jumentos, e eu achei que isso configurava uma imagem bonita e poética.

Na esquina do Mappin, então, o espião, aquele com os cabelos eriçados, e o enorme rosto de capivara, que nos seguia, e outro militar fardado nos pararam e perguntaram o que estávamos fazendo ali, naquela hora e naquele momento, e por que nossas bandanas eram naqueles tons. Eu respondi que estava apenas levando a minha namorada para um lugar menos movimentado, talvez uma lanchonete, onde os jovens geralmente se encontram nas tardes de domingo. Eles solicitaram os nossos documentos, e eu até achei que foram gentis.

W Whitman.

Maria.

O militar fardado nem parecia tão tapado:

— Walt Whitman, o famoso escritor americano.

— Apenas um homônimo.

Eles, então, me revistaram.

Encontraram o bilhete no bolso da camisa.

Estrangeiro, ainda mais estrangeiro em sua pátria.
Com pureza e inocência, trago armas.

• • •

DEPOIS, ELES NOS LIBERARAM E FORAM EM BUSCA DE OUTROS possíveis contraventores.

Entramos na famosa loja de departamentos, ainda preocupados com os acontecimentos e eu ficava me perguntando se aquilo estaria acontecendo no país inteiro, e se esse seria realmente um país bom de se viver.

Entramos, então, no salão de bilhar, o antigo salão de bilhar da esquina da rua da República, Centenário Snooker. Você se lembra bem do Centenário, não é? E o ambiente também estava coberto de fumaça, mas era fumaça de cigarros, charutos e restos de óleo diesel queimado, que penetrava diretamente pela porta principal sempre que os Ônibus-de-Linha aceleravam seus motores de combustão ao abrir o semáforo. Os tanques urutus também sopravam uma fumaça negra, intragável, de óleo queimado.

Pude reconhecer, num canto do salão, o famoso taco Red Barrete, já bastante desgastado de idade. Só poderia ser ele.

Eu percebi que Mariinha não se sentia mesmo muito bem em meio à fumaça do ambiente. Segurando sua mão com firmeza, eu a conduzi para a saída; não havia placa de saída, a saída era pela porta da entrada. Eu a conduzi pelas ruas do centro da cidade. E, ao observarmos a vitrine da loja de eletrodomésticos nos atentamos para a tela preto e branco da tevê, enquanto uns *Panteras Negras* cerravam os punhos, em videotape, e hasteavam o braço ao alto, em sinal de protesto.

Não havia tempo a perder. Pairava uma eletricidade essencial no ar da cidade, e o clima era tenso. A cavalaria dominava as ruas, e o cheiro de esterco flutuava como um miasma apodrecido.

Foi quando percebemos a movimentação em cortejo, como última homenagem à menina morta. A multidão preparou o corpo, abatido durante as manifestações da noite anterior.

Era o corpo de uma quase menina, varejada de balas e estilhaços. A multidão aconchegou o corpo em flores brancas, no féretro improvisado. E agora o apresentava nas ruas da cidade, como se apresenta o corpo de um mártir. A multidão enfurecida seguia o funeral, e gritava palavras de ordem, e empunhava cartazes e bandeiras e faixas com frases de protesto.

O corpo de um mártir deve permanecer insepulto.

• • •

OS ANIMAIS, CAVALOS E JUMENTOS, ESTAVAM NITIDAMENTE NERVOSOS. Suas enormes narinas arfavam nuvens de ar quente, e era possível ver o vapor, expulso a cada expiração. Eu pensei se não haveria risco de um estouro da cavalaria e eu imaginei as consequências devastadoras sobre as pessoas do país.

8\ OS CÃES

UM CÃO NA RUA NÃO BASTA A SI.
Precisa de outro cão. E outro. E mais outro a ouvir o seu latir.

E este outro cão, ao se importar com o latido,
avisa outro cão,
que a outro late o ocorrido.

Deste modo, corre a notícia.
Percorre a rua.
De cima a baixo.
De baixo acima.
                        Sumiu.
                 Aquele do sobrado da esquina.

                                    Foi de cio?
                                    Ou estricnina?

9\ DOM SEBASTIÃO E O ARQUÉTIPO

> *Um olho de caravela que singra os mares.*
> *Outro olho de quem fica, sentinela,*
> *e vigia os lares.*
>
> [Thelonius, II, III]

DOM APORTOU EM SACRAMENTO NEM BEM A MANHÃ NASCERA. Quarenta dias e quarenta noites no calendário do deserto, como tão bem descrito no livro sagrado, sabendo-se que deserto pode ser tanto a aridez da terra quanto a indiferença dos homens.

Sacramento, que era bem uma cidade fantasma: quase todos se foram, em diáspora, e os que ficaram não despertam antes das 10:20 da manhã, por absoluta falta do que fazer.

Dom foi dar bem embaixo da grade da janelinha da cadeia municipal, que àquela hora recebia os primeiros raios do sol de outono. Ali em frente um gramado vicejava fofo e uns cães dormiam sobre ele, o que parecia confortável.

À melancolia que o acompanhava pelas estradas do Vale, Dom não traduzia em palavra. Um caminhar eterno de quem perdeu a memória, mas não a tristeza, que é como interpretava o vazio profundo que o perseguia a cada amanhecer. O mesmo vazio que o induzia a buscar novas paragens ao acordar. E que, a cada anoitecer, o colocava em sono desmedido novamente, como alguém que, enfim, ilusoriamente, encontrasse seu lugar no mundo. À melancolia que o acompanhava pelos caminhos do Vale, não sabia explicar: se por quem ou por quê.

Ora, deve se tratar de algum traço provindo das gerações, que é das gerações que herdamos os atavismos aos quais não obtemos resposta.

— Hey, um cotoco de cigarro prum homem que precisa regular umas batidas do coração e uns tremores das mãos.

Era a voz rouca do Peixe-Vesgo, o único dos habitantes de Sacramento que estava acordado numa hora daquelas e que, como os demais, não tinha nada o que fazer, mas com a diferença que fazia o nada acordado. Passava semanas insone, conversando com ninguém ou com si próprio, que é a mesma coisa. Donde a fala rouca das cordas vocais engrossadas pelo uso. Ciscava pelo chão da cela, catando guimbas cada dia mais inexistentes, como uma galinha à procura de minhocas no terreiro de asfalto.

Pois Dom foi dar bem nos costados da Casa de Detenção naquela manhã quentinha de outono, e bem embaixo da janelinha onde o Peixe-Vesgo recebia sua cota de horizonte.

— Hey, não me ouviu?

Dom, de um susto, olhou para cima, onde pôde perceber duas mãos ossudas segurando as grades, e um nariz protuso tentando escapar delas, passar entre os ferros, mas impedido pela ossatura de um rosto largo, peludo e com bochechas sulcadas.

— Hey, não entendeu o recado?

Dom, que a princípio pensou ter ouvido mais uma das tantas vozes que o atormentavam noite e dia, e que vinham sempre do alto, custou a tomar pé da situação desconfortável na qual se encontrava.

— Desculpe, sir! Ando meio distraído.

Peixe-Vesgo, que para centrar o foco da visão precisava ladear a cabeça, pelo menos um tanto, assim o fez. Não sem certa dificuldade, tanto pelo tamanho da testa como pela pouca largura entre as grades. Mas, assim mesmo, lhe pareceu ter visto sobre a cabeça do garoto a insígnia e uma coroa tecida em cipó. Exatamente como lhe revelara o cigano que aportara em Sacramento, sob sua janelinha de grades, na semana passada. "Há de lidar, cingido sobre a cabeça, um engenhoso diadema trançado em cipós de japecanga, o que lhe confere, ao mesmo tempo, realeza e imunidade. Assim virá Dom Sebastião!"

Há muito o Peixe-Vesgo era desejoso de liberdade. Mais por não compreender, por certo, o motivo de tantos anos grilhado nas cadenas, ainda por não aceitar a demora na emissão dos laudos dos peritos e pareceres dos magistrados que, em Sacramento, acordam não antes das 10:20 da manhã, fazendo o desjejum com vagar e iniciando as atividades judiciárias já ao meio da tarde, após, naturalmente, ao guisado de legumes e alguma carne, e massa, que é própria da cultura dali. E a sesta, ah, a sesta ibérica, tão salutar para os nervos locais e, ao mesmo tempo, tão irritante aos modos saxões e aos que dependem dos pareceres para, talvez, ganhar a liberdade. Ou, o que é mais comum, para se conformar de vez com a reclusão.

Há muito o Peixe-Vesgo desconfia não haver muito interesse em se analisar seus recursos de clemência ou até, o que seria pior, que se houvera, na confusão dos escaninhos, perdido toda a papelada contendo os detalhes das audiências de custódia, dos depoimentos da acusação e das contra-argumentações da defesa que, embora lhe parecessem frágeis e sem muito nexo, em caso de extravio, demandaria novas argumentações e ofícios e assinaturas, e prazos e, enquanto isso, ele ali apodrecendo a cada dia, catando guimbas imaginárias e esperando santos desejados e reis de Algarve, que jamais se davam conta de gente como ele, Peixe-Vesgo.

— Hey, enfim Dom Sebastião, o Desejado!

Dom fez que não entendeu, embora não houvesse entendido mesmo.

Peixe-Vesgo há muito era desejoso de liberdade, mas brandava sua vontade como quem clama uma quimera, posto que, desde que se tinha como gente, jamais a havia desfrutado. Assim como jamais havia desfrutado o beijo de um lábio, ou o fruto doce do tamarindeiro. Liberdade era, assim, como o sabor de um pomo nunca antes deleitado.

— Hey, enfim El Rey está de volta, e a salvação aos conversos e a libertação aos esquecidos! Redimir os circuncisos e os pagãos e os mestiços. Enfim, o gosto doce do fruto do tamarindeiro!

Peixe-Vesgo desinteressou-se, subitamente, por guimbas, e os tremores e palpitações foram substituídos pelo ávido olhar, ainda que estrábico, da esperança.

Dom, acostumado já aos sustos e apreensões da longa estrada sem memória, sabia que alguns assuntos são prenúncio de confusão. E, quando ouviu, da janelinha gradeada, frases recheadas de doces possibilidades infecundas, já sabia que o momento a seguir haveria de ser a réstia do fel amargo do desencanto.

Pôs-se, assim, de pé, rapidamente. Juntou o embornal que dormitava sobre a grama fofa e saiu a caminhar, sendo seguido por um dos cães baldios que há muito aguardava companhia para uma aventura além das linhas da cidade fantasma.

• • •

AGRURAS E CIDADES. UMAS VÃO E OUTRAS VÊM. E ENTRE UMAS E outras, erguem-se as grutas e as catedrais, as capelas singelas e os áditos, as lapas e as sés, que é de amparo que se carece, tanto ao rico como ao pobre.

Agruras e cidades. E entre umas e outras, ainda, as crenças, e a forma como elas são lavradas: se no despojado da fala ou se no solene da escrita. Assim, são forjados os profetas das estradas e os livros santos.

Agruras e cidades, e, entre umas e outras, mais um dia. Dom, e o cachorro, à medida que o clarão do sol dava lugar ao breu da lua, que nada mais é do que o vazio profundo da existência, deduzia que havia, finalmente, encontrado seu lugar no mundo, como, aliás, deduzia em todos os anoiteceres. Ajeitou o alforje sobre o campo de margaridinhas, esticou o pano de dormir como quem finca uma bandeira de posse e pôs-se, novamente, em sono desmedido.

Contudo, aos arquétipos, não lhes cabe o sossego e a paz, mesmo que à hora sagrada do sono ou ao lugar onde estira o corpo para o descanso. Logo, lhes sobrevêm os fantasmas recônditos das imagens primordiais sobre os quais se moldam os fenômenos inconscientes e coletivos. Assim, o sono desmedido não significa sono tranquilo, e sim, talvez, mergulho nas águas turvas e profundas dos passados ancestrais. Dom, no sono gemente e agitado, antevia, mesmo que toldadas por tais águas, a agonia da luta e o desapontamento da morte sobre os campos de batalhas, nas insaciáveis lutas ante mouros e outras cruzadas. É própria dos pesadelos a confusão entre fatos e fátuos, e a profusão de desconectividades aparentes, ou mesmo manifestas, nunca se sabe. Em suas visagens, muezins clamavam os fiéis à oração, do alto dos minaretes. Sob as lâminas brilhantes ao sol, cimitarras e elmos invioláveis, sob o fumo de mosquetes e canhões e sob a poeira dos cavalos, o pesadelo toma forma. Um a um, homens tombam, dilacerados de chagas e cansaço. A sua própria hora terrível há de chegar, já que todas as cabeças rolam, como as tangerinas do Marrocos, e por qual motivo a sua também não haveria de se apartar? No entanto, é próprio dos augúrios e preditos, como também dos pesadelos inquietantes, não revelar seu final, deixando sempre um tom de instigante pergunta. E assim, a cada noite, Dom esperava que lhe fosse revelado o destino, nessa guerra da vida. Se de morte ou fuga, o fado. Se de mártir ou desertor, a lembrança que restará. Se lhes poderão adorar seu corpo, por sacrifício, ou se lhes deverão aguardar o retorno, como um redentor. E a cada manhã de despertar se lhe frustra a revelação.

    Arquétipos não têm memória, não têm passado ou, na melhor das hipóteses, este é nebuloso e contaminado por relatos e versões que, como se sabe, acabam por inserir um ponto em cada conto. Antes, isso sim, os arquétipos moldam o presente das gentes, não como um fatalismo simplista, mas como um cômodo roteiro para seguir a existência.

    Contudo, em poucas horas, o breu da lua dá lugar, subvertido, novamente, ao clarão do sol, e põe termo àqueles sonos desmedidos. Dom, ao acordar, se vê ao lado do cão, deitados os dois sobre o jardim de margaridinhas. O cão que, por carência de outra companhia, agora o acompanhava por todas as estradas. Parecia compreender e, mais ainda, se comprazer de suas dúvidas e desmemórias. Nem bem abriram os olhos remelados, e logo avistaram a edificação ao largo. As margaridinhas, que se espalhavam por um vasto hectare, cercavam, como uma guirlanda de pureza, aquela construção lúgubre, em pedras limadas, com ares de claustro. Dava de escutar, vinda ali de dentro, a ladainha monocórdica. Trazia aos ouvidos, espalhando-se pela manhã e sobre o jardim de margaridinhas, uma melancolia doída. Era um choro, o cão identificou primeiro. Centrou as orelhas, aguçou o faro. Dom, limitado nestes sentidos, posto que a memória lhe era pouca, e sabe-se que, além da acuidade em si enquanto fenômeno biológico, os sentidos são tanto mais intensos quanto mais plasmados numa afetividade anterior.

Mas, no entanto, foi Dom quem primeiro identificou as janelinhas encrustadas entre as pedras, janelinhas inda menores que as janelinhas em que o Peixe-Vesgo clamava por liberdade ou, na impossibilidade desta, ao menos, um cotoco de cigarro. E não era apenas uma janelinha, eram muitas as janelinhas que Dom identificou. E nestas janelinhas não havia cabeças, nem narizes, nem olhos vesgos. Por mais que procurasse, Dom não identificava nenhum conteúdo, donde deduziu que aquele conteúdo em especial, vazio, era o que se chamava melancolia. Mas a ladainha triste persistia, e tão mais triste parecia quanto se tentava interpretar como seria possível um choro de tal pungência emanar, simplesmente, de um vazio. Haveria de ter um rosto aquele vazio. Haveria de ter uns olhos sangrando. Haveria de ter uma voz embargada, aquele vazio.

— A verdade é mais verdade quanto mais inacessível for — Dom sentenciou ao cão companheiro que, concentrado nos cheiros e sons que lhes eram mais acessíveis do que a Dom, procurava a verdade justamente no oposto ao dístico.

Entregues aos pensamentos, lógicos de um lado, e aos sensoriais, de outro, foram surpreendidos pela visão. Dom a viu como uma imagem, diáfana e etérea, em contraste à limpidez do azul do céu naquela manhã.

Uma mulher, uma menina, vestida em branco, vestal. Ela escancara, profanando de alguma maneira, a porta do claustro. Sim, pois as portas dos claustros e prisões são violadas quando escancaradas para o exterior, e não o contrário, como se poderia pensar.

A menina, livre do postigo cerrado, escapa como um condenado escapa da masmorra, correndo por entre as margaridinhas, e as pernas, embora de pouca carne, eram ligeiras como as de uma lebre, posto que buscavam a redenção.

Ouvindo a toada, Dom e o cão, quase por instinto, estacaram. A imagem vinha em sua direção. Quanto mais se aproximava, menos se lhe definia os traços. É como se o foco da lente estivesse centrado mais adiante, e a menina em branco já o houvesse ultrapassado, donde a pouca nitidez da imagem.

E ela corria para longe do claustro, em direção ao Dom, sem olhar para trás, como se estivesse a fugir de algo ou alguém, de uma terrível opressão ou de uma monstruosa tirania. E ela corria por sobre os campos de margaridinhas até não mais poder as pernas, uma sensação angustiante de querer mais e mais, e as pernas incapazes de acompanhar o impulso de libertação, pois para isso elas também foram feitas, para travar o ímpeto, segundo a sábia racionalidade do criador, que não desejava a suas criaturas a monotonia da liberdade plena. E assim é a condição humana, a de saber-se limitado, sendo os claustros apenas um nome desses limites, e as pernas outro. Quando então exausta, a vestal contenta-se com a liberdade possível, e vendo o garoto boquiaberto junto ao cão:

— Hey, uma direção de estrada para alguém que quer muito novos caminhos!

Era a voz doce da Branca Vestal, ainda meio chorosa, pouco antes da explosão de musicalidade em sua voz em soprano, ornada em vibratos e margaridinhas.

— Desculpe a demora em responder, vamos por aqui. Ando meio distraído — aquiesceu o Dom, um tanto constrangido em revelar que, na verdade, não sabia qual caminho seguir e que o problema, bem maior, fosse a ausência de memória. Não ficava nada bem a um garoto, tão novo e com neurônios ainda frescos de juventude.

Dessa forma, seguiu seu caminho, sem esticar muito a conversa.

Branca Vestal, então, o seguiu, sem nem olhar para trás, para onde deixara o claustro, seu conteúdo de carmelitas descalças e seus cânticos de fé prisioneira e ascese.

Quem olhasse agora, desde a colina até o vale, captaria a imagem do relvado e, quase em fila indiana, Dom, o garoto, seguido pelo cachorro malhado, e a Branca Vestal, agora em canto de plena sonoridade em sua voz de soprano, ornada em vibratos, e a margaridinha nos lábios.

Mas não! Agora observa-se também seguindo a fila, com certa dificuldade, um boi, coxo como ele só, e um aldeão e sua mulher, ela com dois filhos entre os braços, e ele com uma ripa de enxada sobre o ombro e a bandeira de Carlos Magno desfraldada ao vento, um tanto puída, há que se dizer, de tantas jornadas frustras. E outros ainda vinham, de outros meridianos e outros paralelos e outros radiais, e era possível ver, mesmo em olhos pouco acurados, olhando daqui do alto até o vale, lá embaixo, uma gente que chegava para formar o préstito, uma gente saída não se sabe donde, querendo não se sabe o quê, supondo-se que seja um desejar de vida melhor, vida mais obséquia. E eram tantos, de não contar. E eram tantos, que tantos nomes não haveria de existir, tendo muitos deles se desdobrado em homônimos, ou ainda em alcunhas que, ao menos, conferiam uma identidade mais singular. E eram tantos e de nomes tão iguais que, por ausência de linhagem aristocrática, ou nobre, ou eclesiástica que seja, que lhes diferenciassem o prenome, lançavam mão de gentílicos esquisitos, como eram estranhos os lugares de onde vinham — Jaboão, Garanhos — e outros um tanto mais usados — paulista, potiguar, mineiro —, assim como houvera, há muito tempo, um tal nazareno, posto que originário de Nazaré, minúscula comuna tornada maior que seu próprio tamanho por incorporar-se, de algum modo, ao cânone ocidental. Outros ainda, talvez por intento de inaugurar sua própria casta, se apegavam a nomear uma descendência — Betinho de Deca de Lia, Jandira de Vandira, Deodato de Vera.

Eram tantos, de não se contar, que se juntaram à fila indiana, esta que mal se formara e logo já adquirira tamanha extensão. Por já ouvirem falar, vezes sem conta, de um santo ou rei menino, que retornaria para redimir alguns fatos e lastros que andavam errados por cá, nestas searas. Sim, haveria de ser errada a iniquidade, pois como poderia ser justificado que, sendo todas as gentes feitas das mesmas matérias, assim dizendo ossos, pele, carnes, sangue que é o mesmo em todas pessoas, posto que nunca se viu em realidade o tal de sangue azul, sendo apenas alguma materialidade tingida em tintas diferentes — olhos, pele, pelos — mas que não representam, sob forma alguma, significado de supremacia. Sim, pois como pode se explicar que, sendo tão iguais, uns tenham destino de tanta opulência e outros, ao contrário, sina de tão intensa miséria?

Uns, desses tantos, também sem nome, traziam armas, se é que se pode assim chamar as pedras, estacas, bagos de mamona, tucuns, lancetas de bambu, um parabelo talvez. Traziam armas e fé, na intenção de quebrar esse ciclo de diferenças, talvez urrar, como o berro de um animal ferido, que feridos eram eles, não com sabres ou fogo ou bala. Não feridos nas entranhas, nas banhas, no coração. Mas lacerados na dignidade.

Dom, sem olhar para trás, queria apenas descobrir o paradeiro de sua memória, perdida desde o parto, ao que se lembra. Só isso bastaria neste mundo. Sem olhar para trás, como alguém que esconde a cabeça para não ver ao redor. E o redor era a fila que crescia a segui-lo, quanto mais e mais chegavam.

Queria sua memória, nada mais. De onde ele vinha? Se de Jericó, Caicó, Pericó? Ou ainda Aribó, onde se sabe que coexistem uma colina e um pântano.

Nem sequer almejava saber de seu sobrenome, pois aprendera que tantos não o têm. Contudo, desejava demais uma memória e uma história de vida, posto que a um homem é mais proveitoso um passado que uma designação.

Assim seguia o cortejo, serpenteando na subida da colina, Dom à frente, o cão malhado a seguir, e a Branca Vestal entoando as preces sopranas e, ainda, o boi manco e a legião das gentes sem nome. Por onde passavam, outros mais e mais se juntavam, e novos panos a servir de flâmulas, como as de Magno e as dos Algarves e outras mais se levantavam ao vento, singelas, simplesmente brancas, como as da paz de cristo.

No entanto, mesmo em meio a tanta gente, mais e mais Dom sentia-se só, posto que sem história, portanto sem parentes e amigos e amores, e cada vez mais desconfiado de que não fora feito para multidões e glória. Não é difícil compreendê-lo, especialmente para nós, que vivemos nas cidades repletas, pessoas que vêm e vão, nas calçadas, ruas, ônibus, elevadores e assim, mesmo assim, em completa solidão.

Noite novamente. Levantavam acampamento outra vez e, em cada noite, sobrevinham os sonhos ruins. Dom aprendera que ninguém de nós escolhe seus pesadelos, são eles que nos escolhem. Este fato, contudo, não deve ser motivo de resignação, mas, antes, inconformismo. Porque uns têm sonhos terrificantes, assassinatos, fígados em chagas ou mesmo coisas menos mórbidas, mas igualmente aterradoras, como estar num voo de avião, naturalmente para aqueles com pânico de avião. Outros, no entanto, vivem imagens tranquilas, como um oásis paradisíaco, ou mesmo rememórias de uma infância gostosa, como o colo de uma vó, por exemplo.

Mais uma noite e advêm os insidiosos temores, como uma profecia revelada em códigos, o que é o mesmo que não revelada.

Pela manhã, após a noite suarenta, a voz rouca do Peixe-Vesgo sobressalta o sono de Dom. Voz que se emaranhava ao sonho, mas que vinha acompanhada de um cheiro mortiço de coisa estragada, o hálito do Peixe-Vesgo.

— Dom Sebastião, vim o mais rápido que os meus pés tantos anos reclusos permitiram.

Ao ouvir a tal voz áspera e atormentada, Dom mirou o horizonte ao longe, como a disfarçar. Todos, ao contrário, viraram em sua direção com um uníssono olhar, se assim se pode dizer.

Dom lembrou a voz rouca que, pela janelinha gradeada da cela, em Sacramento, suplicava um cigarro cotó. E mais ainda, ao virar-se, lembrou aqueles olhos de viés que focavam divergentes. E mais ainda, o cheiro a fluir do cubículo escapando à paisagem, odor de peixe empodrecido ou, quem sabe, o bafio de algas esquecidas no remanso, ou até alguma secreção que rescende a mar.

— O juiz já sabe, o xerife já sabe. O delegado e o vereador já sabem.

Peixe-Vesgo expelia as palavras como um dique que se rompesse, a saliva como as águas represadas em seu conteúdo. Alguém esquecera a grade da cela aberta e ele, pela primeira vez, experimentava o gostinho da liberdade, e assim, talvez, saciar suas papilas com o fruto do tamarindeiro ou, ainda, seus lábios com o beijo doce de uma mulher.

Dom atônico, catatônico.

— O prefeito já sabe, o reverendo já sabe. O coletor e o cirurgião já sabem.

Branca Vestal tomou a questão:

— Já sabem o quê, ô pobre homem?

— Já sabem, já sabem. A horda de descontentes. A horda de monarquistas. O bando de anarquistas. O exército sebastianista.

Súbito, um estranho falatório agitava o acampamento dos despossuídos, colina abaixo. A noite escura e espessa fizera surgir, quase como do nada, aquele outro, lá embaixo, a que logo chamaram Longhorn, já incrustados de lendas antigas e inércias de pensamento. Surgiu como um fantasma que se concretizasse em matéria, como um plasma que se refizesse em carne. Apareceu como que do limbo. Vestia túnica de pano grosso, chinelas de couro cru que pouco protegiam os calos e as chagas que se abriam já como flores putrefatas. Cabelos crescidos, um matagal castigado pelo sol e poeira e vento e escamas. Barbas longas, desregradas, enleadas sem ajuste. Mal escondiam o rosto emagrecido, e, tanto pelo contrário, salientavam os sulcos profundos que rodeavam os olhos, que sempre fitavam o chão.

— Vejo não o que vejo. Vejo pensamentos. Cores que não esqueço! Assim ele iniciou a fala. O alarido quietou.

— À Roma o que é de Roma. A sentença e a alforra! À terra o que é da terra. E o que nasce dela, o sal e a fome!

Para aquela gente toda, o ano tinha começado com a esperança adocicada da colheita da maçã, e agora terminava tão pobre como sempre fora. Bem, um pouco mais pobre. Alguém precisava explicar o que estava acontecendo com o mundo. Por que, afinal, poucos com tanto, e tantos com tão pouco?

E parece que alguém estava pedindo explicação:

— O que faz o Deus nos escolher para fazer parte do lado miserável do mundo?

— Ele não escolheu ninguém. Vocês simplesmente nasceram nesse lado.

A resposta em si não foi tão satisfatória, mas o arremate provocou agitação:

— Mas tem outra. O Deus, vez que outra, faz o caminho torto. E o que parece querer dizer uma coisa quer, verdadeiramente, dizer o oposto.

Então, o aldeão que trazia a ripa de enxada sobre o ombro e a bandeira de Magno desfraldada ao vento, um tanto puída, é verdade, de tantas jornadas frustras, como já se disse, não querendo se enganar, pergunta:

— Mas como saber se dessa vez Ele está falando torto ou não?

— Esse é o segredo do universo, meu bom homem. Esse é o segredo do universo!

E o homem, a quem logo chamaram Longhorn, mais por inércia e lenda, então, tomou seu caminho, que já estava em atraso ao próximo compromisso. E a horda pôs-se a segui-lo, posto que a qualquer momento haveria de ser revelado, enfim, o segredo do universo. Uma longa e insidiosa guerra viria.

No entanto, Dom permaneceu no alto da colina de olivais, e dele não se apartaram nem o cão baldio, nem a Branca Vestal.

O Peixe-Vesgo não teve dúvida sobre qual dos dois era Dom Sebastião.

10\ PROCURANDO RIMBAUD

Um olho de quem se arrisca.
Outro olho recluso, de quem fica.

[Falácias, II, III]

1 DÉCIMO DIA DE ABISSAL MONOTONIA NA LIVRARIA WHITMAN.
Nada indicava que hoje haveria de ser diferente.

Nick&Buck lá estavam. Para ler os jornais, como todos os dias.

Arnold Layne, em pantalonas maneiras.

Poor Elisa veio para fazer xixi.

Reginaldo a contar suas histórias intermináveis, e ele sabia que teria um ouvinte, ao menos.

Depois outros três dias se passaram.

Nick&Buck vieram tomar café, de graça.

Arnold Layne, pantalonas maneiras.

Poor Elisa, fazer xixi.

Reginaldo e suas histórias.

Quando o Homem Velho entrou na livraria, carregando a valise velha, como a valise de um violinista antigo e velho, parecia que aquele seria um dia igual aos outros. A barba pespontada de branco, e o nariz e as bochechas rosadas, de homem velho, tão bonito, não sinalizava maiores emoções. É claro que, até este momento, ninguém poderia supor as reviravoltas da história, ou imaginar as armadilhas que o destino haveria de aprontar. O destino é sibilino e ardiloso: aparece sob as formas mais variadas e exuberantes, feito uma iguana que se veste com a moda da circunstância. O destino assim se apresenta, escamoteado. Misturado às coisas do dia comum. Parecia que aquela manhã de modorra, tanto quanto outra manhã do mundo, estaria simplesmente por confirmar o trágico enfado que empurrava a vida.

2 NESTE LUGAR WHITMAN PASSAVA OS SEUS DIAS. ASSIM FORA determinado.

Sentado no banco esgarçado, de treliça, os braços apoiados no balcão sombrio e empoeirado da livraria, sob a baça luminária pendente. E fazendo o quê? Lendo! Na verdade, folheando. Mais um dos milhares de livros que folheou na vida e que, provavelmente, se os tivesse lido por completo, não teriam sido mesmo de alguma utilidade. Principalmente agora que era preciso resolver coisas do mundo real. Estoque, fluxo de caixa, taxas e alvarás...

Nesse lugar Whitman passava os seus dias. Assim fora determinado.

Dezenas de tipos esquisitos frequentam um local como este, onde se vende, troca e compra. Livros, revistas, discos usados. Sebo.

Tipos esquisitos revirando exemplares baratos. Filósofos de prateleira. Adolescentes tardios, alguma espinha no rosto, remexendo gibis mofados. Mulher recatada, vestido de tecido recatado marrom, olhar sutil de gata recatada dissimulada. Acho que ela encontrou um título sugestivo e picante. A pudicícia se contenta com suas delirantes fantasias.

Acumuladores, compulsivos e incuráveis. Aposentados, sem ter onde usar o tempo que se esvai. Idosa em impulso incontrolável de furtar histórias policiais.

Tarados.

Solitários.

Muita gente esquisita entrava. Muita gente esquisita saía.

Pouca gente esquisita comprava alguma coisa.

Para a maioria das pessoas um sebo é como um museu. Basta olhar, folhear um exemplar, manter o rosto sério e compenetrado. Cofiar o queixo como quem elabora uma análise complexa, fazer alguma pergunta ou comentário prosaico, e sair. Para a maioria das pessoas não é preciso comprar. Um sebo basta a si mesmo. É um produto final.

Seres estranhos. Todos à espera da morte e, ao mesmo tempo, tentando escapar da morte. Todo o precioso tempo do ser humano gasto das maneiras mais inúteis possíveis. Não se tem mesmo nada muito interessante para fazer neste país.

Whitman, naquele momento, como uma avenca enraizada no vaso, esperando o tempo passar. É preciso cair fora. Ele sabe disso. Do contrário, acontecerá de terminar os seus dias numa prateleira e acabar como um daqueles volumes puídos repletos de traças.

Estamos em 1978 e Whitman não sabe o que fazer da vida a não ser amaldiçoar cada segundo desde que Rog&NellyMae desistiram de viver, deixando-o sozinho no mundo, tendo que cuidar dessa livraria quase falida, abarrotada de volumes velhos e arruinados.

Estamos em 1978 e Whitman, limpando as teias da manhã nesse país de homens fardados. Um país depauperado, sociedade em ruínas, a alegria perdida em algum entroncamento do passado.

Um João Papa morreu, viva outro João Papa. Outro ainda, João, sobe a rampa a cavalo. Jornais, e suas capas, se acumulam na prateleira, substrato para os ninhos dos ratos miúdos no inverno. Notícias recicladas.

Uma bomba explode, antes do show, no estacionamento, no carro, no colo do agente infiltrado.

3

É PRECISO CAIR FORA PARA SEMPRE, E WHITMAN SABE DISSO. Sozinho, assim, ele está no mundo. Despreparado, sem qualquer habilidade para negócios, vendo-se obrigado a tocar as coisas na velha livraria, cuidar de centenas de livros empoeirados, empilhados nas prateleiras bambas. Milhares de traças famintas. Dezenas de pessoas esquisitas e sem grana, a entrar e sair, a entrar e sair, diariamente, sem comprar um mísero gibi.

Mas as últimas semanas haviam sido bem agitadas. E, bem, Whitman saiu apressado, quase correndo. Foi à lavanderia do Wang. Parece que se esqueceu de alguma coisa no bolso da camisa.

4

— RIMBAUD?

O Homem Velho, bonito, com a valise velha, linguajar carregado de sotaque, vasculhava, sôfrego, um a um dos desgastados volumes, tentando, em vão, encontrar o título.

Whitman não acreditou no que ouviu. "Rimbaud". É que nos últimos três dias era mais ou menos a *milésima* pessoa que entrava na livraria procurando por um Rimbaud.

Primeiro, foi a francesa. Adentrou, soberba, e fez o tempo parar. Tinha o cabelo de fogo, o rosto claro, quase rosado, e fazia um trejeito com a ponta do lábio, quando falava. Algo em sua postura magnetizava o olhar. Era uma mulher totalmente diferente das que habitualmente frequentavam o local. O torneado dos músculos salientes sob as calças justas e bem talhadas. Pernas.

Ela procurava Rimbaud!

W tentou agir o mais parecido possível a um vendedor de livros, sério e compenetrado. Por dentro, no entanto, era só caos e arrebatamento.

— Bem, hum, depende. Temos alguns títulos. Qual exatamente a senhora está procurando?

Estava absolutamente magnetizado, olhar de fascínio, hipnotizado. Fez um esforço para disfarçar. Arrumou uma tosse nervosa.

— Bem, vejamos…

Une saison en enfer. "Hoje é o seu dia de sorte, dona. Ainda ontem chegou um lote com cinco Rimbaud. As edições de bolso, até bem conservadas".

— *Uma Temporada no Inferno*. Ótima escolha!

— Posso me sentar um pouco?

Era tudo o que ele queria: mais alguns minutos disponíveis para olhar aquela figura irresistível, linda. Era simples perceber o perfume inebriante, borrifado a cada gesto e volatizado a cada movimento do corpo, colorindo e calando o ar bolorento do local.

Sentada no sofá antigo, de couro, as pernas cruzadas, a dona linda olhava cada detalhe da velha livraria.

Sei que Whitman andava solitário há algum tempo. Talvez esteja solitário até hoje, é verdade. Desde que nasceu, não seria exagero dizer. Aquele encontro, no entanto, o incitava. Os dois sozinhos, na livraria de sombras. "Converse comigo, dona. Continue falando. Estou tão sozinho..."

— Hã, não entendi.

— Quero dizer... bem...a senhora parece ter um interesse especial na obra do poeta, o *enfant terrible*...

— Ah, ah. Sim..., tenho interesse especial por sua obra, principalmente os textos em prosa poética. É verdadeiramente revolucionária.

— Bom. E está um preço muito bom.

— Vou levar este livro. Embrulhe para presente.

Até que ficou bem legal o embrulho.

Ela pagou e, ao sair, comentou reticente.

— Talvez logo apareçam outros interessados em Rimbaud...

Whitman não entendeu bem o que ela quis dizer, mas desejou ardentemente que voltasse.

5 DOIS DIAS DEPOIS, UMA NOVA SURPRESA.

"Meu Deus, o que está acontecendo? De onde estão surgindo estas mulheres?"

Uma *pin-up*, voluptuosa, exalando ar predatório. Ao caminhar parecia se contorcer sob o vestido negro, curto e justo, como uma serpente antropomórfica.

E ela, com a voz de veludo mavioso:

— Eu procuro Rimbaud.

Ela procurava Rimbaud!

Parece que seus dias de solidão estão no fim. Mas sabe-se que a solidão é uma condição da vida. Somos todos sós quando estamos dentro de nós, dentro de nossa pele, nossa cabeça. Não há solução para a solidão.

"Só pode ser um anjo. Rimbaud é um anjo."

Whitman baixinho. "Um Anjo no Exílio."

Apesar do aparente poder de mulher, com todas as armas do domínio e as artes de colocar um homem de joelhos, ela parecia nervosa, como se estivesse à procura de algo proibido. Algo secreto, escondido por entre as teias e os trilhos das gordas aranhas que guardavam, diligentes, as obras da biblioteca.

Suas mãos tremiam, ela tentava controlar a respiração ofegante, mas o peito arfava descontrolado. Whitman se aproximou, tentando acalmá-la.

— Rimbaud? Algo em especial?

Ela esticou um pedaço de papel amassado, com rascunhos em letras irregulares. *Le Bateau Ivre*. O Barco Bêbado.

Aquele era um dos poemas mais alucinados do poeta, um sopro cósmico e premonitório, raro e etéreo, tão próprio dos artistas geniais. Rimbaud, em toda a intensidade e inovação.

No entanto, Whitman, naquele momento, era somente volúpia e desejo. Como um cão tomado de cio, sua energia era só energia para a fêmea.

"Você não se arrependerá se me beijar, senhora."

Ele agia como um cão em desatino. Mas tudo indicava que os fatos, realmente, conspiravam a favor. O sopro cósmico!

Nanette era o nome.

Emanava um incrível poder sensorial. No entanto, era possível perceber claramente a fragilidade daquela mulher. Nanette. Era possível perceber a criança assustada em Nanette. A criança que experimenta o mistério e o medo.

Parece que Rimbaud tem algo de especial mesmo, não é?

Os lábios de Nanette, finos, tíbios, pois desprotegidos, pareciam sussurrar chorosas palavras.

Cuidado para não cair em nenhuma armadilha, Whitman!

Nanette queria conversar, ela precisava conversar.

Deixou-se escorregar no velho sofá de couro, como quem se deita no divã. Sem muita dificuldade, começou a falar sobre sua vida.

— Bem cedo — ela disse. — Certa manhã enquanto iniciava o dia do sol brilhante, eu estava de pé, no lado da estrada, imaginando se a estrada já havia transformado a vida de alguém.

Parece que ela desejava que a estrada transformasse sua vida.

— O sol se foi, e chuva encharcava os sapatos, e os pés iriam em direção ao sul. Eu estava pagando todas as minhas dívidas com os céus, quisera que o anjo percebesse.

Boa hora para uma carona, à estrada do sul. Nós nos veremos algum dia?

— Arrumei alguns trocados dançando e lavando pratos em lanchonetes de beira de estrada, enquanto dormia no quartinho dos fundos.

Por mais que avançasse pela estrada, o passado estava cada vez mais perto.

— Numa banca de revista, no centro da cidadezinha, eu tomei para mim um livro de poemas, que nunca mais devolvi. E dentro tinha um nome e endereço.

"O livro tinha um nome e endereço e um número de telefone. Atendeu a voz rouca que eu ouvi, e eu percebi que era um anjo rouco, a voz rouca do anjo que guardava dos perigos.

"E eu vivi com o anjo no hotel, na estrada, na cidade cortada pela estrada, no quarto como um porão, e dali se ouvia a música da noite e um pouco da música da revolução, e eu vivi por ali durante cinco longos meses e de repente algo entre nós morreu e eu me tornei distante novamente, e cada vez mais perto do passado.

"E eu pressenti o anjo, como um pássaro voando eternamente, como os pardais nos parques das crianças e os pombos sobre os bancos dos anciãos, e um deles me entregou o bilhete amassado, com hesitantes letras trêmulas.

"O Barco Bêbado."

E o anjo era uma mulher, com olhos díspares em cores, um olho negro e o outro olho de um azul quase branco quando o dia era cinza. Tristes e profanos, mesmo sendo um anjo, um anjo exilado, e seus olhos pareciam saber de algo trágico que os outros não viam.

Olhos de Rimbaud.

— E por mais que eu caminhasse adiante, mais o passado se aproximava. — E por mais que buscasse, como realmente buscava agora sua revolução, Nanette mais se aproximava do passado.

E de repente Nanette se foi, então, cruzando a porta da livraria, saciada e confusa. Contou de sua vida e, por enquanto, isto bastava.

Pois, ao menos, nem agradeceu.

Levou um livro, talvez por engano.

6

NO DIA SEGUINTE, LOGO CEDO, WHITMAN JÁ ESTAVA EM FRENTE à livraria. Havia bebido um tantinho a mais na noite. Acordou indisposto e a cabeça era dor. O sono não andava mesmo muito bem, naqueles dias. E sei que ele andava bebendo um pouco demais.

Qual seria a armadilha do destino, hoje?

Não demorou a resposta.

Levantou a porta de esteira, que rangia como o cérebro insone. A dona entrou. Vestia um *tailleur* cáqui, bem tipo um figurino militar. Seu modo de caminhar, quase em *passo de ganso,* não deixava dúvidas.

Trazia o par de olhos verdes raiados por detrás dos óculos redondos, que teimavam em escorregar pelo nariz.

No seu uniforme militar estilizado, fazia o tipo comandante. Mas não tinha a mínima intenção de esconder seu porte lânguido. Uma sensualidade dura. Era uma intelectual orgânica. Conheço bem o tipo.

Outra que veio com aquela história. Explicou, em detalhes, os diversos aspectos da história do poeta.

Que todos os poemas de Rimbaud são produtos da extrema juventude (dos 15 aos 17 anos de idade).

Que aos 19 anos ele decidiu abandonar a poesia inútil.

Que sua obra, precoce e curta, é uma obra revolucionária.

Que construiu uma arte única, pela radicalidade, densidade e intensidade.

Que ele rompeu com o mundo civilizado da Europa.

Que, ao renunciar ao mundo da poesia, manteve-se em silêncio e foi viver a aventura da vida, sua grande aventura na África.

Foi ser traficante de armas.

E escravas brancas.

E, assim, ele decidiu que não valia mais a pena continuar.

O auge, às vezes, chega cedo demais!

Theodosia Boss.

Que nome esquisito.

Ela circulava por entre as prateleiras, com seus óculos persecutórios. Então, ela se deixou relaxar por um instante no antigo sofá de couro. Mais uma que soltou a alma no conforto do velho corpanzil do divã. E ela cruzou, imperial, gloriosa, suas pernas de guerreira prussiana, mostrando quem é que mandava ali.

Theodosia Boss estava no comando, era fácil perceber. É certo que virtudes não são exatamente temas para um divã.

Parece que ela aguardava ao menos um comentário. Um simples comentário. Enquanto esperava, ela também não disse mais nada. Ali, na livraria, apenas observava, altiva, o queixo elevado. Parecia estar aguardando alguma senha, a resposta de um código secreto.

Cinco minutos podem ter passado.

Whitman pensou:

OK, baby, você está no comando. Por que não diz logo o que quer de mim?

Whitman falou:

— Sim, eu sei. A senhora está no comando. Como posso ajudar?
— *Illuminations*.
— Que interessante, senhora! Rimbaud parece estar bastante em evidência, não é mesmo?
— Você não ouviu minha explicação?
— Sim senhora, eu ouvi. Ouvi perfeitamente. Todos esses fatos sobre a vida do poeta. Apenas estranhei que todas as mulheres do mundo parecem procurar um livro dele. E vieram procurar justamente aqui. Nesse lugar que é quase uma furna, atulhada de aranhas e fungos e morcegos.
— Você está querendo dizer que mais alguém já andou por aqui à procura de um Rimbaud?

Ela parecia surpresa.

Whitman pensou.

A senhora deve estar brincando! Nos últimos três dias, exatamente três mulheres estiveram em busca de um livro dele.

Whitman sentiu prazer esquisito, de superioridade, ao perceber certa intranquilidade naqueles olhos sempre tão firmes e impassíveis. Agora sim ela agia como uma mulher. Alguma coisa a perturbou, seguramente foi isso. Ela traiu certa relutância, estava prestes a perder o comando.

A dona tirou um cigarro da bolsa, fez menção de acendê-lo, mas logo entendeu a reprovação. E saiu porta afora sem, ao menos, agradecer.

Ela não percebeu um bilhete cair da bolsa ao retirar o cigarro.

Whitman percebeu.

Juntou o bilhete do chão, colocou rapidamente no bolso da camisa. Leria depois, com calma.

7

NO TERCEIRO DIA, A MAIS ESTRANHA DE TODAS AS AFICIONADAS adentrou a velha livraria.

Assim que ela cruzou a porta, explodiu um temporal de verão lá fora, chuva torrencial. Mas seus pés permaneciam secos. Ela parecia flutuar acima do soalho, talvez uns trinta centímetros.

Um trovão se ouviu no planeta terra. As velhas paredes da livraria tremeram. O camarada Mao foi ao chão: o falso Warhol caiu. As luminárias a piscar, como uma árvore de natal em noite de tempestade.

Nick, com seus enormes lábios, se afogou com o gole de café, e tossiu sobre as folhas já amareladas.

A mulher flutuante entrou, e foi logo dizendo, sem cerimônias:

— Eu vim buscar o bilhete.

Todos na livraria permaneceram paralisados por uns dez segundos, se não mais.

— Eu vim buscar o bilhete que aquela vagabunda deixou aqui. Ela pensa que será fácil cair fora da operação. Ela quer voltar para sua vidinha inútil. Inútil e fútil.

Ela veio flutuando em direção ao balcão. Whitman encolhido contra a parede. Ela cercou. Mostrou os dentes, como uma loba mostra os dentes. Eram pungentes, os caninos, salientes entre os lábios de batom vermelho. Saliva vermelha escorria pela comissura da boca. Os dentes pontiagudos apontavam, incisos, em direção à jugular.

Nick boquiaberto, com seus enormes lábios caídos. Nick paralisado, congelado, com a xícara na mão.

— Não se engane, irmãozinho. O amor é apenas uma gota de sangue, à distância!

A frase destilava ameaça. Olhos cintilavam, rubros, dos vasos túrgidos. Boca seca do animal que prepara o bote.

Mas, em seguida, ela se conteve, compreendeu o que estava se passando. Qualquer um pode ser um pouco flexível em suas obsessões.

Foi providencial quando Whitman argumentou que não sabia de bilhete algum, que ali não era lugar para estes arroubos, e perguntou se poderia ajudá-la de outra forma; caso contrário, precisaria voltar ao trabalho. Às vezes é necessário ser um pouco assertivo. E mentir direitinho.

Ela olhou no entorno e logo percebeu que não havia trabalho algum a fazer naquela espelunca, a não ser, agora, pendurar novamente o quadro fajuto do camarada Mao.

Mas, sobretudo, ela parece ter compreendido, também, que não seria aconselhável aprontar nenhum escândalo agora. Parece que havia alguma coisa meio secreta a esconder.

Como entrou, ela, então, saiu. Flutuando, como se não tivesse pés. Flutuando acima do desgastado soalho da livraria.

As luzes cessaram de piscar, a chuva estiou na tarde de verão, e Nick, e o Buck, Arnold Layne, e a Poor Elisa e Reginaldo voltaram a respirar.

8 PARECE QUE OS DIAS VOLTARIAM FINALMENTE À NORMALIDADE. O estoque de Rimbaud estava esgotado. As mulheres são lindas, sensuais, exuberantes e tal, mas são muito perigosas. Assim, o tédio estendeu, novamente, seu pálido véu sobre o universo. Whitman agora teria tempo e tranquilidade para bolar alguma maneira de cair fora dessa pasmaceira. Afinal, a vida não poderia ser só isto. O décimo dia de monotonia e calmaria na Livraria Whitman começou realmente modorrento.

9 É COM OS CARAS MAIS ESQUISITOS QUE A GENTE APRENDE as melhores coisas. Naqueles dias agitados, Nick&Buck, dois antigos frequentadores da livraria, andavam um pouco apreensivos com todas aquelas figuras aberrantes que tinham aparecido por ali. Nick perguntou, deixando escorregar aquele ponto de interrogação, lentamente, todo melado, pelo enorme lábio. Media as palavras, relutante. Parecia querer revelar algum segredo.

— Já parou para pensar por que tanta gente anda procurando Rimbaud? Qual é o significado disso?

— Como assim?

Tentou valorizar a informação, mascando a língua, olhando de lado. Mas não se conteve e revelou, com as palavras derrapando pelo lábio abaixo:

— Rimbaud nada mais é do que um código secreto.

Buck arrematou:

— Você já leu o bilhete?

Na verdade, ele falava do bilhete que uma daquelas mulheres deixou cair da bolsa e que Whitman colocou no bolso da camisa. "Cara, eu já tinha me esquecido do maldito bilhete. Na correria, acabei não lendo. Putz, agora me dei conta de que tinha levado aquela camisa encardida para a lavanderia. Será que o bilhete se desfez?"

— Código secreto?

Quem explicou foi o Buck. Ele tentava dizer que aquela gente esquisita que veio nos últimos dias à procura dos livros do Rimbaud tem alguma coisa a ver com uns franceses utopistas que tentaram uma experiência socialista na região do Saí, uma península perto de São Francisco do Sul, em Santa Catarina.

Ele mostrou um livro velho na prateleira que dizia: *Franceses no Saí: uma experiência utópica*. Imaginou que isso pudesse ajudar a compreender um pouco mais ao que eles se referiam.

— Mas o que uma coisa tem a ver com a outra?

E ele continuou.

— Sabe a francesa torneada?

— O que é que tem?

— Tinha uma tatuagem no braço. Uma bandeira preta, com um símbolo amarelo.

Aí eles continuaram.

— Sabe a Nanette, a *pin-up*?

— *Pin-up*! O que é que tem?

Whitman já estava bem impaciente, e todo mundo sabia quando ele estava bem impaciente porque ficava tamborilando com as pernas, assim bem rápido. Todo mundo considerava bastante irritante quando ele estava impaciente.

E o Buck continuou, até porque já havia percebido que Whitman estava bem impaciente.

— Ela usava um camafeu, uma espécie de broche, preso com alfinete na alça do vestido. Era um retângulo estilizado. Preto. Com uma pedra amarela como símbolo.

E disse mais:

— Sabe a comandante, aquela Theodosia?

— Ela também?

— Sim, ela também!

— E onde é que ela usava esse emblema preto e amarelo?

— Você não vai acreditar!

Nick agora deu um intervalo maior entre as palavras, antes que ele mesmo respondesse. Devia ser alguma espécie de técnica para esticar mais o suspense. E isso só fez aumentar ainda mais a curiosidade e, é claro, a irritação.

— Conta logo, Nick.

Buck também estava curioso.

— Conta logo, Nick.

— Na cinta-liga!

— Não é possível, Nick. Como é que você conseguiu ver a cinta-liga da Theodosia?

— É que eu estava num ângulo favorável quando ela cruzou as pernas.

Cinta-liga? Ninguém mais usa cinta-liga!

— E aquela outra, a Loba Flutuante, onde é que ela tinha esse símbolo misterioso?

— Bom, aí não deu para saber. É que eu estava paralisado de susto.

Fazia sentido.

Mas, afinal, que diabos significava aquele símbolo preto com amarelo?

— Ainda não sabemos bem — disse Buck —, mas parece que tem a ver com a tal experiência de colonização utopista.

Fazia sentido.

Parece que Nick&Buck estavam no caminho certo.

10

BEM, VOLTANDO AO COMEÇO: WHITMAN SE PREPARAVA para ir até a lavanderia do Wang tentar resgatar aquele bilhete enigmático, quando se deparou com o Homem Velho, que entrava na livraria.

Ele procurava Rimbaud!

O senhor deve estar brincando com a minha cara..., eu pensei, não acreditando no que ouvi. Nos últimos três dias ele era mais ou menos a *milésima* pessoa que entrava na livraria procurando por um Rimbaud.

Enquanto o Homem Velho, e bonito, falava, Whitman estava muito agoniado, agoniado mesmo, para resgatar aquele tal bilhete, que poderia dar uma pista e revelar essa trama toda.

Whitman pediu licença, disse que precisava sair um minuto, e que ele poderia procurar o que desejava na livraria, e que um daqueles dois, Nick&Buck, estariam ali para caso precisasse de algo.

Ao chegar na lavanderia, pediu para resgatar a carga de roupas. Já estavam prontas. Serviço super-rápido! Foi direto na camisa de bolso, já resignado e conformado pela possibilidade de encontrar o pedaço de papel todo esfacelado, com a tinta das letras inteiramente manchada e desbotada e ilegível.

Surpresa! O bilhete estava intacto. Como pode um frágil dum bilhete sobreviver incólume àquele maremoto infernal dentro da lavadora? Isto só pode ter uma explicação! Bem que Whitman já desconfiava. Parece que o velhaco do Wang o estava enrolando. Pois é! Ele simplesmente *fingia* que lavava suas roupas. E quando perguntado sobre o cheiro enjoado que permanecia nos sovacos das camisas, tinha a cara de pau de dizer que o seu suor, que impregnava as roupas, por ser irlandês, era um suor resistente a todos os produtos alvejantes e amaciantes e perfumados que ele tinha na fajuta daquela lavanderia. Devia ser alguma coisa de família.

De qualquer maneira, o bilhete estava salvo. Só restava decifrá-lo.

Estrangeiro, ainda mais estrangeiro em sua pátria.
Com pureza e inocência, trago armas.

11\ O SENHOR LACOMBE

*São olhos de quem se busca,
ou são olhos de quem se basta.*

[Sofismas, II, III]

GOSTO, SIM. GOSTO DA SOLIDÃO.

Solidão é uma arte.

Não acho nada agradável ficar de conversa fiada, gastando língua por aí. Nem sou muito mesmo desse negócio de interação. Sempre fui assim. Teve uma vez que o Sr. e a Sra. Whitman, pai e mãe, ficaram preocupados, e achavam que eu tinha alguma forma de distúrbio psicológico. Eles achavam que eu tinha *algum tipo especial de taciturnia*. Não sei de onde eles tiraram essas palavras, mas era assim que eles diziam. "*Algum tipo de taciturnia.*"

É que eu chegava em casa e não falava quase nada. Quase nada mesmo. Nenhuma frase minimamente elaborada. Era só *sim, não, é, não é*. Já bastava o tanto de vocábulos que eu tinha que dizer na escola, isso se não quisesse repetir o ano e ouvir um monte de lições de moral do Regente de Classe, ou ainda ser presenteado pelo Prof. Wermeer com um enorme e gordo zero na aula de geografia, ou humilhado e pisoteado por um descomunal xis vermelho, quase suástico, riscado pela Profa. Madaleina sobre minha dissertação do Dia da República.

Bem, Movimentos Sísmicos, Eras Geológicas e Guerras Púnicas nunca foram mesmo expressões que significavam alguma coisa boa para mim. Ah, nunca foram mesmo!

Sempre considerei muito simplórias, as palavras. Elas nunca refletem realmente o que se quer dizer. Sempre acabam por provocar algum tipo de mal-entendido. Talvez essa seja a razão do meu pouco falar.

Mas, certa feita, percebi algo de mais estranho do que um simples mutismo. Algo andava acontecendo comigo. Uma esquisita divisão dentro de mim. Era impossível não perceber. Era só ter olhos de olhar. Olhar para fora, fora da redoma. Deve-se dizer que, na verdade, o mundo inteiro estava dividido, não somente eu. A uns a lei.

Nunca tinha me sentido desta forma.

Na parede, em frente ao espelho, eu percebia claramente que havia um outro. Um outro, balançando entre a certeza e o espanto. Um outro, que num momento é templo, e no próximo tempo é evento. Um dorso, de rígidos músculos, dançando em suaves movimentos.

Diante de mim, frente a frente, havia um outro, que escondia o rosto no momento da foto. No entanto, no instante seguinte se fazia risonho, no lado oposto, no centro do foco.

Um, de não falar. Nenhum fato a confessar, impuro. Como não fosse, no entanto, o silêncio o próprio conteúdo. Outro, um sujeito a berrar nestes tempos surdos. Como não fosse o uivo o próprio refúgio.

Um, de guardar, cão treinado, fiel ao dono. O outro a negar, de novo, três vezes mais, na noite dos olivais.

Um, de sonhar, mares sem fins em quintais. Outro, jardineiro raro, de um vaso raso de bonsai.

Muitas vezes, atônito, diante do espelho, buscava incessante a mim mesmo. Procurava no escuro, no centro. Percorria ruas e guetos. Bússolas, sextantes, buscava o exato instante entre a sombra e a curva do céu. Búzios, traduzo mistérios. Decifro meus mapas, revelo segredos, rasgando trilhas sobre o rochedo. Reviro por dentro meu próprio universo. Misturo cânticos, sacramentos, júbilos ardentes e lamentos.

Mas é no outro, entretanto, lá no espelho, que me vejo.

Decido, por fim, transpor o parco espaço entre um lado e o outro lado. Entre o buraco e o fosso. Quando, enfim, transposto ao reverso do espelho, transmutado ao reflexo do avesso, é que percebo que é a mim mesmo que reconheço.

Um é um outro.

Eu é um outro.

O Sr. Lacombe, certamente, se preocuparia com esta inconcebível divisão, talvez um *transtorno de personalidade esquisita*, ou algo assim. *Sigmund e o conteúdo latente*.

A Sra. Madaleina, professora, certamente se preocuparia com esta divisão, talvez um imperdoável lapso da regra gramatical, uma falha grotesca de concordância entre o sujeito e o verbo. *Pessoa e suas personas*.

Agora eu era um outro.

Não sei se acontece também com você. Mas eu não vejo nenhum problema nisto: apenas espelhando os estilhaços da imaginação.

Aí eles resolveram me inscrever no consultório do psicólogo, o Sr. Lacombe. Queriam tratar do meu *algum tipo especial de taciturnia*.

O Sr. Lacombe era um sujeito bem esquisitão, e como era. Desconfiei que aquilo não fosse mesmo dar certo. Ele falava menos do que eu. Talvez tivesse também *algum outro tipo de taciturnia*.

Eu chegava ao seu consultório, todas as terças-feiras à tarde, e tinha que ficar esperando no corredor do oitavo andar, sentado no degrau da escada. Isso porque ele não tinha sala de espera naquele consultório barato. Isso porque ele sempre se demorava mais com a Paciente Anterior e, como eu disse, o seu consultório não tinha sala de espera. Eu não tinha muito o que fazer enquanto esperava.

Quarenta ou cinquenta minutos depois, ele abria a porta do consultório e se despedia da Paciente Anterior. Ele tinha a mania de segurar o ombro dela com as duas mãos, e falar meio sussurrando alguma coisa no ouvido da menina, sei lá, devia ser algum comentário meio de mau gosto, e a Paciente Anterior soltava um risinho, meio constrangido, meio safado, e ia embora.

— Sr. Whitman — ordenava ele.

Ele também tinha a mania de me chamar de Sr. Whitman. Se, por um lado, isso me provocara, no início, certo orgulho de deferimento, depois esse "Sr. Whitman" passou a me irritar profundamente. Era como se ele estivesse sarcástico com a droga de minha condição de adolescente espinhento e me chamar de Sr. era uma forma de escárnio. Salientar, de maneira sarcástica, minha condição totalmente subalterna e inferior no universo. Ele era mesmo muito esquisitão!

Então o Sr. Lacombe apontava o divã, e com um sorriso um tanto anêmico e amarelo de nicotina, dizia:

— Pois bem, Sr. Whitman, podemos começar.

Era tudo o que ele dizia durante o meu tempo de sessão. O resto quem tinha que falar era eu.

O Sr. Lacombe era mesmo um tipo bem esquisitão, e como era. Eu tentava revelar minhas questões juvenis. O sentido da vida, a existência de Deus, a soberba material das sociedades e tal. Percebi que esses assuntos não eram do agrado no Sr. Lacombe, e esse desagrado se manifestava por inquietação nas mãos, que se punham a mexer freneticamente em movimentos repetitivos, enquanto os dedos ficavam tamborilando sobre a escrivaninha. Ele queria mesmo era descobrir os tais conteúdos manifestos e outros conteúdos latentes e coisas assim. Esse era o seu negócio. Um negócio meio lacaniano.

Aí, ele pedia que eu falasse das meninas da minha escola, como elas eram, como se vestiam, se eu tinha algumas fotos delas, e essas coisas meio esquisitas para um psicólogo ficar perguntando.

Aí, ele fazia anotações num caderninho secreto, meio ensebado, enquanto eu falava. Aí mesmo que eu não ouvia sua voz. Não ouvia mesmo. Até que percebi que esse silêncio era um silêncio acusador, propositAl, e quanto mais eu falava, mais ele fazia silêncio e mais eu me sentia culpado. Acho até que essa é a função dos psicólogos. É nos fazer sentir culpados de algo não manifesto.

Desconfio que o Sr. e a Sra. Whitman, pai e mãe, estavam gastando um bom dinheiro só para eu me sentir culpado.

12\ OS GATOS

O HOMEM VELHO CUSPIA SALIVA NOS GATOS. EM CADA ESTACA, DIA após dia, onde encontrasse um: no porto, na praça, na arataca.

Segunda-feira, terça-feira, todo dia. Um gato molhado, melado (uma jia). E o Homem Velho prosseguia em sua rotina.

À noite, insone, cuidava de pôr números à chacina. Marcava no papel da padaria: três, cinco, uma dúzia.

Todas as noites, por muitos anos, ele escarrava a cusparada compulsiva, assassina. Menos quando chovia. Gatos cinzas, persas, abissínios felinos. Os tigrados e os de pelagem fina.

Esta é a vida do Homem Velho. Vida de calendários contínuos, semanas inteiriças, sem dias, equinócios, solstícios. Tem sido assim desde o início: aquela tarde seca de agosto. De novecentos e oitenta e oito. Nesse dia toda cor virou nódoa. Todo encanto se fez nojo. Desde aquela tarde seca de agosto. De novecentos e oitenta e oito.

Beirava os trinta e três, ainda era moço. Agora se vão mais trinta anos desde aquela tarde seca do infortúnio: o amor que se foi, a dor como um poço de loucura. O Homem Velho desde aquele dia: quantos gatos abatidos, infectados com sua escuma?

Primeiro um, depois dois. Logo vinte corpos secos ao chão, as tripas vazias das vítimas. Dia após dia. Atos em minúcias, obstinado e constante. Agora já contei cento e vinte. *Modus operandi, serial killer*. Ponto comum nas mortes felinas, revelou a perícia: saliva e o bacilo, os culpados pelo genocídio.

Morrer é coisa fortuita: acontece todo dia. Parece longe, em Sevilha. No entanto, ronda-nos cá na esquina.

Morrer: que não se comente em falas comezinhas. É assunto de árias: pede o silêncio das línguas.

Contudo, seria calar-se frente ao óbvio.

Mortos, os gatos, quais seriam os próximos?

13\ O DETETIVE JAVERT

> *Beware!*
> *Take good care*
> *of your ass.*
>
> [Sam Spade, 5.2]

1 RUBES XAVIER. RUB CHAVIER. RUBY JAVÉR. INVESTIGADOR JAVER. Ex-Patrulheiro Ruby. Cop. Meganha. Poliça. Guida. Gambé.

De um jeito ou de outro, todos o conheciam na localidade de Sacramento e por toda a região que acompanha o vale do rio Maná.

Ruby contava de sua genealogia com orgulho, na qual constavam jagunços de paga a serviço das liças do Contestado. Falava da legendária Jane Calamidade, matriarca da família de bandoleiros mercenários, sangue quente, que, montada a pelo, berrava aos quadrantes:

"*Maté beintiuno, fuera los paraguayos!*"

Acoitados pela coronelança e chefes locais, os bandoleiros garantiam a grilagem de imensas faixas de terra. Enquanto durou a guerra eles tinham serventia. Depois que os poderosos se acertaram, acomodando seus interesses e selando o fim da razia num cálice de licor, centenas de jagunços ficaram ao deus-dará. A estes, juntaram-se tropas inteiras de cabos, anspeçadas e sargentos que tinham se embrenhado nas guerras, e agora não tinham mais soldo ou guarida. Vagavam a esmo pelas terras do Meio Oeste, cruzando com os sempre incontáveis grupos de caboclos nômades, indigentes, errantes das veredas, sem pão e sem profetas. Sem qualquer significado ou matéria.

Ruby descende desse emaranhado de fracassos. Aprendeu desde cedo, pelas regras ríspidas dos sertões, que o mundo só tem dois lados: o lado dos que mandam e o lado dos que mandam ainda mais. Os outros estarão condenados a vagar pelas terras, em miséria e sem pouso. Desta forma, a escolha é simples, e você não deve ter dúvidas sobre qual lado decidir. Se for um pouco sensato.

Menos por convicção do que por instinto de sobrevivência, Ruby passou a seguir cegamente as ordens de quem mandava. Valia o que estava escrito. E se não estivesse escrito, alguém fazia o favor de escrever. Simples assim.

Decididamente: você deve saber como são feitas as leis.

2 MAS O MEIO-OESTE SE TORNARA UMA REGIÃO EMPOBRECIDA. Não havia vagas de trabalho, nenhuma opção para quem quisesse levar uma vida mais ou menos reta. Decidiu ir para a capital. Aos 20 anos, sentou praça na Ordem Pública. Participou de treinamentos e cursos, embora permanecesse sempre nas patentes inferiores.

Meados dos anos 1970. Tempos agitados. Ruby foi escalado na repressão às subversões. Andou metido em algumas encrencas de rua. Agia como infiltrado em passeatas, reuniões e comícios, alguns até ficaram lendários, como o Manifesto das Mulheres e a Semana Sangrenta: foi uma temporada de protestos e agitações em que garotos da periferia tomaram as esquinas e praças em manifestos contra a violência do regime. Nessa ocasião, uma garota — Cosette — acabou atingida por uma bala, transformando-se em mártir do movimento. Nesta época ele já fora cooptado pelos porões da polícia política, depois de anos servindo atrás de uma escrivaninha, registrando as entradas e saídas do almoxarifado.

3 MAS RUBY JAVERT TINHA UM SEGREDO, UM PONTO FRACO, QUE acabou por complicar sua vida. Ele até reconhecia um certo exagero no seu passatempo secreto, mas jamais o considerou como um vício, uma doença. Para ele, significava apenas distração, entretenimento, que ajudava a compensar os momentos de tensão que a vida impunha. Para ele, representava apenas isso, embora lhe trouxesse um prazer extremo, uma intensa catarse, quase o êxtase primal. Durante as rinhas, sobrevinha esse prazer, que penetrava e refluía pelos poros, um vulcão de purificação a circular pelos canais e interstícios, enxaguando de arrebatamento as carnes. O ruim disso tudo é o depois: como uma espécie de ressaca, após estes intensos espasmos de deleite, refluía uma forma profunda de depressão, que o atirava no mais baixo patamar da dignidade, uma sensação que misturava vergonha e impotência, como um *junkie* de sarjeta, daqueles que o próprio Ruby encontrava todo dia em suas rondas e que o deixavam emocionalmente arrasado. Mas, calma, é só um passatempo, ele se justificava. Todo homem precisa de um pouco de diversão. Ninguém é perfeito, afinal.

No entanto, não era assim que certos elementos dentro da corporação pensavam. Você sabe: um homem, nesse meio, sempre tem inimigos. Um certo sargento R. andava com o Ruby atravessado na garganta por conta de picuinhas diversas. Existem muitas formas de vingança. E o sargentão deu com a língua nos dentes. A desforra mais covarde entre os covardes. Assim, a obsessão por rinhas de galo custou a carreira do Ruby. Expulso como um cão vadio.

A violência dos porões tinha desencadeado uma enorme pressão da imprensa e opinião pública, e a corporação estava na mira. Os tempos agora eram outros. Outros ventos sobre o país. Era preciso mostrar para a sociedade que não havia mais espaço nos quartéis para gente que não respeitava a lei. Nessas horas, nada melhor do que um boi de piranha. Era preciso uma punição exemplar. O Caso Ruby certamente veio bem a calhar.

Ruby foi flagrado e grampeado no próprio batalhão. Foi surpreendido em posse de boletins de apostas, planilhas de *odds*, esporas, anilhas, tudo escondido no seu guarda-volumes, no quartel.

Sobreveio, então, a grande derrocada. Um imenso buraco esgarçou sob seus pés. Uma fenda tectônica rasgando o chão. Como se houvesse sido lançado às profundezas, humilhado e envergonhado. Jamais conseguiria se resignar com a punição.

Sem dinheiro, sem emprego, sem orgulho, sem alguém com quem conversar. Sem alguém para amar.

Os sonhos de uma vida tranquila no futuro, entrar para a reserva, um soldo que proporcionasse algum conforto material. Um sitiozinho na borda da mata com hortas e árvores de fruta, galinhas, ovos, galos. Quem sabe uma vaquinha leiteira...

Tudo escorreu pelo buraco.

4

DEVEMOS ACREDITAR QUE, NA VIDA, TODO HOMEM TEM DIREITO a uma segunda chance. Devemos acreditar.

Verão de 1984. Caminhando feito um rato roto pelo centro da cidade, Ruby se depara em frente a uma construção em estilo eclético, com toques *déco*, que abrigou durante muitos anos um cinema, agora desativado. Cine Rex.

Ali, no fragor da juventude, nas tardes de domingo assistia aos filmes de amor, aos *thrillers* policiais, terror, umas comédias musicais. Na época, era o passatempo favorito. Tempos de inocência.

Trazia, ainda, lembrança clara da janelinha do guichê, onde comprava os bilhetes e tentava espiar pela abertura o rosto e o decote da moça com voz azeitada. A escadaria, os degraus de granito. O porteiro, paramentado com umas roupas da *Belle Époque* cinematográfica. Traje e boné vermelhos com ornamentos dourados. Vigilante, atento aos ingressos e à idade dos frequentadores, controlava a catraca como um cão de guarda. Depois, ao iniciar o filme, assumia nova função, quando então tentava surpreender, com sádico prazer de lanterninha, os casais em bocas coladas.

Súbito sobreveio na mente de Ruby a imagem de Sam Spade, transitando nas telas do Cine Rex. Bogart interpretando o agente durão, rabugento e cinicamente insensível, que se tornou o modelo dos detetives de filmes e romances policiais. Áspero, com sua visão aguda sobre a natureza humana e convicto dos fundamentos que levam uma pessoa a cometer atos de insensatez: ganância como motivação, mentira como método e fraude como ação.

Assim são os homens. E, principalmente, as mulheres, pensava ele. Sam Spade não tinha ilusões sobre amor, confiança, honestidade — a não ser sobre a sua própria. Cético, descrente das boas intenções da humanidade, ele sabia que por trás de cada um existe uma sombra. Diferentemente das pessoas comuns, cujas sombras são definidas pelo sol, o transgressor age na penumbra, onde o sol não penetra. O contraventor cria sua própria sombra.

5 ENQUANTO ISSO, NO PLANETA, OS PAÍSES ARMANDO SUAS Guerras Frias. Os planos. A geopolítica. Tocaias. Agentes duplos. Armas de destruição em massa. Blefes.
Isso pouco importava nessa hora. Seria o momento de lamber as próprias feridas, mostrar a si mesmo que a vida há de seguir adiante. Ruby, tomado de intenso fragor, pôde enxergar de novo o caminho. Se a corporação não o queria mais, que se danasse a corporação. Seria agora um *private eye*, como Sam Spade.

6 FEZ UM CURSO POR CORRESPONDÊNCIA E MUDOU-SE PARA A região do vale do rio Maná, na localidade chamada Sacramento. Ali iniciaria vida nova. Um detetive particular. Mais que isso: um caçador de recompensas, um cão de caça.
Sem grana, passou a morar num hotel bem encardido, que sempre foi chamado Palace, ninguém consegue imaginar a razão. Uma estalagem de beira de estrada, na entrada da cidade, ao lado de um posto de combustível, erguida sobre tanques de gasolina batizada, barata.

Vivia num quartinho de fundos, um porão. A janela dava direto na parede furada da borracharia. O quartinho era mais sujo do que a própria borracharia, repleta de mosquitos e pulgões e escorpiões gordos e degenerados pelo tempo. Não havia banheiro no quarto. Era preciso dividir o alquebrado e improvável sanitário com o borracheiro, que não guardava lá muito pela higiene.

O muquifo era realmente desorganizado, e parecia ter sido saqueado por uma horda de bárbaros alucinados. Roupas e meias pelo chão, como folhas espalhadas por um vendaval. O ar não circulava muito por lá. Guimbas e farelos de pão e papéis rascunhados e amassados, rabiscos de informações utilizadas nas supostas investigações.

Mas peraí. Tinha sim uma bancada bem ajeitadinha, organizada com cuidado, na quina da parede, ali naquele quartinho. Blocos de anotações. Canetas. Clips. Cartelas de apostas. Galos.

Ao galo de nome Ginger cabia uma cotação de 1,50 de *odds*. Ebony, o galo preto, matador, uma cotação de 1,24. Klaus era um galo danado, marrento. Brigava somente *quando* e *se* tivesse vontade. *Odds* 4,35.

Na parede, um painel com objetos pendurados: esporas de bolívia, de aço, bicos e biqueiras. Acessórios. Medalhinhas.

Entre paredes, o pequeno nicho guardava a imagem de *São Jorge e o Cavalo e o Dragão*. Resquício de alguma doce humanidade, como é doce humanidade o que sentem os devotos *de São Jorge e o Cavalo e o Dragão*.

Era tudo o que restara de uma vida inteira de sonhos, supostamente dedicada a caçar os que incomodam. Javert levanta histórias admiráveis sobre capturas de bandidos, investigações perspicazes, enfrentamento dos mais destemperados assassinos que já andaram por estas terras, os mais habilidosos escroques, os mais inventivos falsários, os mais industriosos falsificadores de *whisky*.

Nenhum centavo no banco, nenhuma pensão do estado, nenhum imóvel registrado. Hoje ele vivia de rendimentos pontuais: era agora um caçador de recompensas, um *freecop*, como são chamados no submundo os que se dedicam a capturar criminosos para ganhar algum dinheiro.

Javert tem muitos inimigos; ah, isso tem. Está jurado de morte. Não uma jura, muitas juras, na verdade. E um sem-fim de ameaças, e certos perigos de encruzo, que pesavam em suas costas como paralelepípedos ensacados.

Uma dessas juras, anunciada aos quatro ventos, vem de um sujeito muito escamoso chamado Biela, que ainda cumpre uma internação danada no presídio estadual. Por enquanto, o barra-pesada continua vestindo a camisa de força no manicômio.

Tem outro pé-cascudo de olho no Ruby. O Pedra-Nove, que prometeu arrancar as orelhas de Javert com as unhas, que são duras como rocha. E o fígado também. Mas pisou na bola e cumpre uma boa temporada na solitária.

Então, no momento, os bandidos parecem estar recolhidos. Porém, o mais vingativo e psicopata dos desafetos de Javert é o bandido *Mimosa*, uma espécie de *serial killer* sazonal. A alcunha se justifica por sua irresistível compulsão por bergamotas, cujo perfume adocicado e o sumo cítrico o acalmam profundamente, deixando-o tranquilo como um gervão no quintal. Isso no período de colheita. Na entressafra, no entanto, quando não se encontra bergamotas em lugar nenhum, se transforma no mais rancoroso, o mais sem-noção, o mais carniceiro dos assassinos. Sorte o maio traz!

— Você não tem medo de encontrar um desses na sua frente, Javert? Não tem medo de morrer?

— Não. Medo eu não tenho. Eu só tenho juízo. Fico na moita. E durmo de olho aberto. Bem aberto!

Javert tem muitos inimigos.

E pelo que se saiba, só um amigo: o agente Filder Fiapo, EfeEfe.

Muito magro e alto. Penugem rala no queixo e algumas espinhas revelavam uma juventude encruada ou até um certo atraso de desenvolvimento, como se comentava na cidade. Ninguém é chamado de "Fiapo" à toa. O apelido, certamente, já era um indicativo de uma das diferenças em relação ao parceiro Ruby, que era descrito, na região, com algum sarcasmo, como um homem de baixa estatura e grande largura, tendências estas que foram se acentuando à medida que os anos se passavam.

A idade era outra diferença. Enquanto Ruby era um homem experiente nas lides policiais e, se não fosse a delação do Sargentão R., poderia ter subido um pouco na escala social, o agente Fiapo se encontrava em início de carreira. Este era aficionado em histórias policiais. Lia ardorosamente os livros de James Ellroy e Raymond Chandler. Por intermédio de Ruby, mergulhou nas aventuras de Sam Spade, criado por Dashiell Hammett em *O Falcão Maltês*, um dos personagens mais emblemáticos da literatura policial *noir*. Ambos tinham verdadeira adoração pelas características de *Spade* e se identificavam com suas habilidades, procurando reproduzi-las. Embora sem conseguir.

Mas, além destas, havia outra diferença crucial. Ruby era intuitivo e sanguíneo, trabalhava com pistas aparentemente aleatórias, mas que no final acabavam por se cruzar. Fiapo era racional, metódico, cartesiano. Pelo menos até onde sua inteligência permitia.

Contudo, estas diferenças significavam, na verdade, a complementariedade necessária para trazer resultados positivos. Parecia que, em cada um faltava, precisamente, o que o outro possuía de melhor. Um compreendia as vulnerabilidades e as fortalezas do outro. Com Ruby, o agente Filder Fiapo sentia-se seguro para ser ele mesmo, percebendo-se útil e empoderado, sendo reconhecido não pelos defeitos, mas pelas virtudes.

Filder Fiapo, que cara bacana!

Ruby, por sua vez, sentia-se orgulhoso por ser admirado pelo pupilo, a quem transmitia, com grande vivacidade, as manhas da profissão. Sabia-se compreendido, sem ser julgado pelo corpo obeso, graxo, disforme. Ou pelo desonroso passado na máquina repressora policial. Deste modo, eles formavam o arquetípico par de personagens policiais de cinema B: Fiapo fazia o tipo *bad cop* e Ruby, o bom policial. E parece que eles sabiam lidar com todos aqueles sujeitos bem antissociais.

7

CONTUDO, NESTA ALTURA DA VIDA, O EX-PATRULHEIRO NÃO andava mais interessado em bandido mixaria, em contraventores otários, muito menos em delinquentes sem cacife. Não estava mais interessado em flagrar varejistas de erva. Não estava nada interessado em pilantrinhas batedores de carteira.

Pelo contrário: ele trazia uma amargura e um arrependimento que, há tempos, vinham corroendo seu coração de ferro. Tentava se livrar de umas culpas enraizadas tão fundo que parecia impossível arrancá-las do solo. Quantos caras, afinal, ele colocou atrás das grades, como ratos flagrados com migalhas de queijo? Quantas confissões, afinal, ele arrancou a fórceps, nas sombras, nos tugúrios sufocantes? A lei pode moer um inocente tanto quanto livrar um culpado.

Ele estava cansado de tantos fantasmas de condenados a frequentar suas noites, sem permitir sossego. Os condenados sem culpa que apodreceram nas celas geladas. Os mortos que não confessaram e permanecem insepultos em seu presente. Os mutilados em açoites alucinados. Não era só um cansaço. Uma mágoa consigo mesmo. Uma mágoa de contrição por ter causado mal a tanta gente. Por ter acreditado naquelas leis forjadas, naquelas ordens tirânicas. Como pôde ter sido tão imbecil, sem questionar ou negar?

Parece que Javert precisa de sua própria absolvição.

Mas agora seria diferente. Javert seria simplesmente um mercenário caçando recompensas. Agora seria por dinheiro. O dinheiro justifica tudo, afinal. Ele estaria livre da obrigação, da crença na obediência cega. Não queria mais correr atrás de pequenos contraventores e escroques baratos. Bêbados arruaceiros. Proxenetas e charlatães. Adúlteros. Vigaristas. Maconheiros. Estudantes. Revolucionários românticos.

Agora ele fazia por dinheiro, e isso tirava toda a sua culpa.

Nesta altura da vida, ele precisava de grana suficiente para sair da lama, largar esse mundo de perseguir bandido. É um mundo muito sujo.

Na parede do quarto daquele hotel encardido, uma profusão de cartazes: procura-se esse e aquele.

Alguns tinham um enorme X em vermelho. E isso significava simplesmente: a estrada acabou para você, cara.

E ele vinha sentindo cheiro de coisa grande. Contrabando de armas, formação de quadrilhas terroristas, encrenca internacional. Há meses rastreava a pista de um pessoal casca-grossa, escamoteado na clandestinidade. Um pessoal que vinha fazendo política na surdina. O pessoal de uma seita, por certo, tentando formar uma base rural, em algum ponto aqui no sul do Brasil. Uma quantia de recompensa que dava para começar uma nova vida bem direitinho.

E tinha um cartaz muito especial na parede daquele quarto encardido. No lugar onde deveria estar estampada a cara do chefão havia um tormentoso ponto de interrogação. Isso porque ninguém conhecia o rosto do bandido terrorista. Ninguém sabia sua identidade. Era chamado apenas como Número Um.

Uns falavam de um sujeito mais velho, um antigo meia-oito. Outros insinuavam tratar-se de um garoto, quase imberbe, em sua revolta juvenil. Outros ainda diziam de uma quadrilha de bandoleiras internacionais e sua revolução. Um santo louco de Deus ajuntando rebanho, talvez.

Javert rabiscou de próprio punho, com caneta hidrográfica.

"Procura-se morto ou morto."

— Vou dar conta do Número Um. Quinhentos mil é uma bela recompensa na mão.

8

CONTRAVENÇÃO E TRAMBIQUES DIVERSOS. CRIME AMBIENTAL. Maus-tratos aos animais. Inafiançável!

A legislação ficou pesada, cara.

O tal do Javert nem sonhava que os federais andavam atrás de sua própria sombra. Na parede encardida da delegacia, um cartaz com sua foto. Como assim?

Os federais estão atrás de uma gangue metida com rinhas de galo, com apostas, apontadores e tudo.

Javert andava apreensivo nos últimos tempos. Parecia pressentir algum perigo. Sua testa se tornava rugosa, repleta de sulcos de contração. Os cabelos, teimosamente eriçados. Acaju da rinsagem barata, completava um estranho penteado. Sobrevinha, nos momentos de maior tensão, uma absurda rinite nervosa, que o compelia a remexer freneticamente o nariz. Não demorou para a corja do submundo lhe conferir, sarcasticamente, o apelido de Detetive Capivara.

Havia motivos para toda essa apreensão. Corria, à boca pequena, na região, notícias de uma estranha movimentação de policiais, investigadores e seus alcaguetas inseparáveis. O que procuravam por ali, nessas comunidades empobrecidas? Javert tinha certeza de que estavam farejando alguma coisa. Alguma coisa grande.

Sentiu medo. Ele tinha um segredo. Um segredo meio fora da lei.

14\ NICK&BUCK

> *Se são olhos de quem busca*
> *um novo e inquietante dialeto.*
> *Ou olhos de quem escuta, quieto,*
> *O código de quem está por perto?*
>
> [Ulisses, 5.2]

SIM, SIM. NICK&BUCK. MORADORES ANTIGOS DO BAIRRO. NEM SEI BEM quantos anos eles tinham nesta época, mas pareciam muitos. Cara, eles tinham muitas rugas. E também não tinham mais absolutamente nada o que fazer nesta vida. Então liam todos os livros possíveis, enquanto aguardavam pacientemente sua hora de partida.

Nick&Buck, os gêmeos. Eu os conheci. Sim, sim. Eles moravam naquele sobrado ali em frente. Foi aí que eu os conheci. Mais tarde, depois de um bom tempo sem vê-los, fui reencontrá-los no sanatório onde ia visitá-los. Veja as coincidências da vida!

Algum problema? Por que vocês estão os procurando?

• • •

NICK ERA, SEM DÚVIDA, O MAIS ESTRAGADO. ELE ERA BEM ESTRAGADO. Tinha os olhos absurdamente enterrados na órbita do crânio, como os olhos de um sujeito em cuja cabeça faltasse uma boa parte dos miolos. Os lábios eram descomunais, e caídos sobre o queixo. Cada palavra que falava parece que tinha primeiro que escorregar por aqueles enormes beiços, para só depois alcançar o ar, lentamente. Eram palavras muito molhadas.

Buck não era assim tão lento, mas tinha a mania esquisita de trocar os nomes das coisas. Lá no sanatório disseram que ele tinha *algum tipo de dislexia*. Não sei de onde tiraram isso, mas era assim que eles diziam. Ele olhava uma caneta e dizia "livro". Ele via um livro e dizia "relógio". E assim por diante.

Mas tem uma coisa. Nick&Buck eram os caras mais inteligentes que eu já conheci. Eram mesmo. Eles eram mais que inteligentes. Eram verdadeiramente geniais. Apesar de bem estragados.

Mas eram também os caras mais rejeitados deste planeta. O tipo físico deles era simplesmente repulsivo e todo mundo achava que tinham *algum tipo de aberração*. Não sei de onde os paramédicos tiraram isso, mas era assim que se dizia por aí.

Olha, sem brincadeira! Eles tinham uma capacidade de leitura absurdamente fenomenal. Devoravam quase um livro por dia. Passavam o dia na biblioteca, concentrados na leitura. Absorvendo todas aquelas palavras e todas aquelas histórias. Às vezes um deles parava, e ficava olhando para o nada, como um verdadeiro retardado. Mas sabe o que ele estava fazendo? As conexões. Sim, as conexões das tramas, dos enredos e daquelas confusões que o Joyce criava. E daquelas coisas eruditas que o Pound misturava. E daqueles jogos de palavras que o Rosa inventava.

À noite, quando a biblioteca fechava, já na cela, eles, então, trocavam ideias sobre os livros que leram e coisa e tal. Levavam horas para se comunicar, é verdade. O Buck tinha que esperar as palavras escorregarem, lentamente, pela beiçorra do Nick, e o Nick tinha quase que adivinhar o nome das coisas que o Buck trocava.

Cara, se alguém quiser mesmo saber, de verdade, acho que foi com eles que tomei gosto pela coisa. Ler livros. Pode? Com os caras mais esquisitos e estragados do sanatório.

E, entre pilhas de volumes e mais volumes me apontavam um e outro, faziam comentários, traziam à tona a essência das centenas de milhões de palavras atiradas, outras cuidadosamente assentadas, um jogral infinito, nas páginas, papiros, palimpsestos. Acho até que eles faziam isso com um propósito. Queriam mostrar o significado de alguma coisa muito especial. Aquele monte de volumes, todas aquelas capas e brochuras não eram simplesmente *objetos*. Aquelas caixas repletas de livros velhos tinham um significado maior do que *estoque*. O Brecht antes de tudo é o Brecht. Bukowski antes de qualquer coisa *é poesia vital*.

Vocês sabem: eles simplesmente *inventaram* toda essa história de Livraria Whitman, de que eu tinha herdado depois da morte de Rog&NellyMae, e todos aqueles frequentadores malucos, e tal.

Vocês estão à procura deles por causa dessa livraria? Eles se meteram em alguma encrenca? Alguma encrenca comercial ou coisa assim?

Às 18:30 de todas as quintas-feiras, pontualmente, Nick&Buck davam início ao ritual. Fechavam todas as janelas, todas as cortinas e as frestas. Apenas algumas lâmpadas de arandela permaneciam acesas. Livraria Whitman: esse o nome que eles deram à acanhada sala de leitura do sanatório. Neste momento, a Livraria Whitman ganhava uma dimensão que, mesmo que transparecesse sombria e lúgubre, trazia uma sensação de calma interior. Era nessa atmosfera que se podia perceber a presença esmagadora, intensa, das palavras. Você não conseguia deixar de sentir a presença da obra humana naquele espaço.

Bela, complexa, misteriosa.

Como se todos os personagens de todas as peças de teatro do mundo, de todos os tempos, estivessem ali, de prontidão, nas sombras da coxia, aguardando o ponto para iniciar sua apresentação. Era como se todos os filósofos, os da antiguidade, os da modernidade e os da pós-modernidade, estivessem a postos para lançar uma antítese, aguardando apenas um enunciado anterior. Era como se todos os romances e as novelas do planeta fossem apenas um capítulo, e estivessem contidos numa história única. Era como se todos os poetas e todas as suas poesias e sextilhas fizessem parte de uma roda de repentistas, aguardando apenas o mote para iniciar a disputa.

Ao permanecer naquela sala você podia perceber o tamanho real de sua sombra sob o sol monumental. Um sol de palavras, de histórias, de ideias e imaginação.

Havia todo tipo de coisa ali. Livros sobre astrologia, guerras, máfia. Filosofias. Ideologias.

Aquilo poderia deixar você de queixo caído, embasbacado. *Elogio da Loucura*, *A Utopia*, de More, *Ecce Homo*. Tucídides e suas guerras. O presente pode repetir o passado.

A queda do ocidente. Spengler.

Yeats e as visões. Kafka. Blake.

Lá estavam todas as margens do Rosa, as invenções de Joyce, os personagens e a saga de *Carijós*. Vejam só: Nick&Buck me ensinaram como acolher e abraçar um livro. Deveria iniciar pela palpação da capa e das quinas. Sentir o cheiro que exalava de seu interior. Depois resfolegar as páginas, folheando-as rapidamente, quase um fole. A seguir o sumário, identificando o formato: em capítulos, seções, atos. Depois deveria abrir o livro no meio, ou em qualquer parte do conteúdo, e ler algum parágrafo para perceber as nuances da linguagem. Aí voltar novamente para a capa, analisando o título, a fonte, as imagens que a compõem.

Às vezes me deparava com dedicatórias escritas à mão, o ofertório de alguém apaixonado. *Deus da Chuva e da Morte*. Na página de rosto estava manuscrito: "Para a minha querida e grande amiga do coração, meu amor eterno, de seu para sempre", e uma assinatura intencionalmente ininteligível, como se o autor do oferecimento quisesse permanecer oculto, caso o acaso do destino os separasse mais tarde, ou o que é pior, caso os meandros da memória soterrassem o amor sob as aluviões do tempo. "22 de abril de 1977."

O Príncipe tinha uns desenhos estranhos, mais o sol, a lua, uma clave musical e a Estrela de Davi. *O Artista Inconfessável,* Cabral, tinha sido inspirador para alguém, que grafou na última página: "Na ladeira do Encanto, no domingo de sol e vento, um passo esperto e outro manso. Desce anjo, o Urubu Malandro".

Hemingway: poderosos diálogos, conduzindo a ação. Saramago: intenso, ocultando a pontuação, até não se conseguir mais respirar.

Murakami: a simplicidade avassaladora da solidão. *Pinball, 1973*. Shepard: emoções contidas da América profunda.

Plínio e Nelson. A alma do país. Diálogos, silêncios e explosões.

Um monte de livros sobre utilidades. Viagens. Alimentação vegana. Cálculo estrutural. Urbanismo.

Ioga.

Zen.

Acho que a vida é assim mesmo. É com os caras mais esquisitos que a gente aprende as melhores coisas.

Mas por que vocês procuram por Nick&Buck? Aconteceu alguma coisa? Eles estão bem?

Vocês não estão pensando que eles possam ter feito algo de errado, não é? Acredite: os caras não fariam mal a uma mosca. Além disso, eles são realmente geniais.

Vocês não vão acreditar, eles estavam mesmo decididos a cuidar do meu futuro. Mas antes, percebi, precisavam criar o meu passado.

Não sei bem o motivo, mas parece que era gratidão. Por escutá-los pacientemente, dia após dia, sem pressa, durante o banho de sol, lá na clínica. Ninguém mais se interessava por aquelas histórias irreais, sem pé nem cabeça. Umas coisas meio místicas, falavam de um pessoal envolvido em uma seita de mulheres descendentes de um poeta francês. Elas queriam montar uma comunidade. Vocês já ouviram falar disso?

Admiro os caras que demonstram gratidão.

Contudo, mesmo para o padrão daquele lugar, as histórias eram fantásticas demais. Os médicos e os paramédicos diziam que não passavam de alucinação. Aumentavam a quantidade de pílulas. Mesmo assim as histórias continuavam cada vez mais fabulosas, até que os médicos não se importavam mais. Por seu lado, os outros internos, cada um, tinha relatos mais fantásticos ainda para contar. Ninguém queria ouvir coisas *monótonas*.

Assim, o único que os escutava, sem rejeitá-los, na clínica, era eu. Além disso, Nick&Buck eram muito estragados e eram muito discriminados, justamente por serem assim tão estragados. O Nick com aqueles olhos verdadeiramente enfiados no crânio, a cabeça pequena e os lábios enormes. O Buck sempre trocando as palavras, formando todas as frases desconexas. Nick e sua encrenca com a bebida. O Buck, sempre suando, o rosto de nariz oleoso, com seus fantasmas que teimavam em ressurgir de alguma trincheira de alguma guerra mundial. Cabeça fina, tronco e pernas gordas.

Eu os ouvia atentamente e não me espantava com a bizarria de suas fisionomias. Talvez por isso mesmo eles tenham essa gratidão e queiram me proteger. E eles estavam mesmo decididos a aperfeiçoar meu conhecimento sobre as coisas do mundo.

Quando os vi pela última vez?

Olha, vou contar. Antes da internação eu fui me despedir deles.

Só eu sei. Eu não gosto de despedidas. Mas, naquela noite, resolvi ir até a casa de Nick&Buck. Eles moravam naquele sobrado meio decrépito. Não dá para esquecer.

Teias de aranha entre as quinas, umas poltronas bem surradas e empoeiradas, e uma mesa repleta, mas repleta mesmo, de xicrinhas de propaganda, lá dos anos '50, '60, sei lá, coisa bem velha mesmo.

E eles tinham também um quadro de natureza-morta na parede da sala, a maçã parecia ter sido colhida há uns quinze anos, e a banana cheia de ferrugem e drosófilas gordas. Num pequeno móvel de canto uma botelha de vidro verde com um tipo de líquido meio viscoso que era um tal de licor de jaçanã que devia estar ali há bem uns quinhentos anos, talvez até do tempo do imperador. Mas vejam bem: não dá para confiar muito na informação do Buck sobre o licor, porque sua dislexia estava piorando a cada dia, trocando o nome das coisas, e quando dissesse "licor" bem poderia estar se referindo a qualquer outro tipo de bebida ou a qualquer outra coisa deste mundo.

Foi então que o Nick mostrou um livro muito velho, muito velho mesmo. Foi talvez o primeiro livro da humanidade. Bem, pode ser exagero, mas possivelmente tinha sido o primeiro livro da Livraria

Whitman. Foi um presente do Rog, pai, num dia de balanço de estoque, assim eles disseram. Parece que ele percebeu que Nick&Buck estavam tão maravilhados com tantos e tantos volumes, e como ninguém comprava aquele livro mesmo, de tão puído que estava, ele os presenteou, junto com as traças e os fungos que já eram até personagens das histórias do livro. Posso até ver as lágrimas e ouvir os soluços de Nick&Buck, emocionados como crianças diante de um brinquedo.

É verdade que Nick&Buck parecem assim meio lesados, uns sujeitos com a fisionomia bem bizarra. Só que é muito injusto formar opinião sobre uma pessoa só pelo seu aspecto, como se parecer lesado fosse uma escolha própria, pessoal, assim por querer mesmo. É simplesmente muito injusto até você conhecer a história da pessoa que está por trás da fotografia amarrotada.

Bem, quero dizer, talvez vocês possam estar enganados quanto aos dois. Pode haver algum engano.

O Nick, por exemplo. Nem sempre foi assim, com aquele jeitão de batráquio. Dizem que ele era um cara de boa presença, conversador, agradável até. Mas caiu no fundo do poço por causa da bebida. Nick se tornou um daqueles caras para os quais uma dose de conhaque era muito. E vinte doses era muito pouco.

Quando eu digo que ele caiu no fundo do poço, estou falando sério. Num daqueles dias insanos de bebedeira, caiu num buraco de poço e ficou ali, meio respirando embaixo da água, como um verdadeiro sapo, e o oxigênio, rarefeito, foi faltando nas células de seu cérebro. Só foi encontrado dois dias depois e aí já era tarde. Parece que ele se transformou mesmo numa jia, que só falava babando.

Mas aí, do nada, ele ganhou aquele livro velho do Sr. Whitman, pai, e parou de vez com aquele negócio de beber. E aí aquele tal de licor de jaçanã ficou ali nivelado na garrafa verde, na mesma linha, desde aquele dia, já há uns trinta anos.

É verdade que ele permaneceu um pouco mais lento e apalermado ao falar, mas a inteligência — ah, essa parece que se aguçou.

Resignou-se, até feliz, em viver sem a bebida, mas muitas vezes eu o peguei murmurando:

— Agora um deserto em meu tonel. Agora um deserto em meu tonel.

Buck sempre foi de trocar as palavras. No início trocava os *erres* pelos *eles*, isso era comum e ninguém mais se importava. Às vezes se esquecia de um *erre*, como se fosse intervocálico no *coredor*. Todos diziam que ele tinha uma forma qualquer de dislalia. Não sei de onde acharam esta palavra, mas era assim que o pessoal dizia.

Depois, além de trocar os *erres* pelos *eles*, começou a trocar palavras inteiras, à medida que o tal distúrbio se agravava. Ele queria se referir a uma caneta que estava em sua frente e dizia "relógio". Começou a ficar mais complicado conversar com o Buck. E quanto mais nervoso ele ficava, mais trocava as palavras. Depois ainda, começaram as trocas de frases inteiras. Frases simples, como "vou dormir", viravam outra coisa. "Quero comer alface", ou algo assim. Tudo bem, pode ser exagero meu. Nessa época, eu não tinha mesmo muita paciência para lidar com ele. Mais tarde, no sanatório, foi diferente.

Se eu sei de onde eles vieram?

Vocês não sabem, mas o Buck me contou um pouco sobre a sua vida, num daqueles dias de tédio na Livraria Whitman. De repente começou a falar de uma tal francesa, ele só se referia a ela como "A Francesinha". Nem sei se era o nome dela mesmo. Ele me contou essa história depois que a livraria começou a ser invadida por aquela gente interessada nos livros do Rimbaud.

"Curiosa coincidência."

Buck me contou.

Disse que por volta de 1972 bateu um desejo, um desejo de viajar pelo planeta, e ele estava se preparando para descortinar o mundo pelo mar. Sonhava com os portos e cidades mediterrâneas, viagens venturosas pela África e os portos orientais. Não queria mais a vida tediosa da cidade.

Foi para Santos. Disseram que ali poderia conseguir algum trabalho no entorno do porto e que não seria muito difícil conseguir um embarque num navio mercante.

Sonhava com mares, portos e cidades. Sonhava com as doces mulheres das ilhas, quimeras e pérolas. Sirenas de canto sereno.

Tudo é novo nos lugares, se um dia sonhares.

Para isso, ele precisava dar as costas a tudo o que tinha vivido até aquele momento. Largar tudo. O que não era muito. Dar as costas aos amigos: poucos. Aos confortos: pequenos. Às paixões: ilusórias.

Um homem em fuga. Um homem em fuga de si mesmo.

Buscava um certo tipo de liberdade. A liberdade de não ter passado. A liberdade de não ter história. E no caso de Buck, não ter passado significava fazer desaparecer qualquer coisa, fotos & objetos & momentos que lembrassem o irmão Nick.

Gêmeos univitelinos, nascidos de ventre clandestino, e de sementes nômades, foram abandonados ainda bebês, e, depois, encontrados na beira do rio de mata exuberante. Rio Maná, próximo à localidade de Sacramento. Foram encontrados por peregrinos eremitas capuchinhos, esses seres estranhos, medievais em seus costumes, reclusos, anacoretas. Enfim, gente muito esquisita que só queria viver no próprio mundo. Só isso. No entanto, acolheram e criaram os gêmeos.

Nick&Buck nasceram de um único óvulo e cresceram num mesmo casulo. E isso quer dizer exatamente que estiveram juntos em todos os infinitos minutos de suas vidas. A fome, a sede, o medo, o choro e todos esses primarismos os obrigaram a um mútuo instinto de defesa, como gatos selvagens e ariscos, em unhas afiadas e pelos eriçados, atentos a qualquer aproximação. O carinho quase puro dos franciscanos trazia conforto para superar os medos. A alegria quase pura dos franciscanos sublimava as angústias. Digo quase pura, porque não existe alegria pura. A alegria sempre vem talhada por alguma forma de melancolia. E cada franciscano daquele sabia bem disso.

Assim mesmo, e apesar de cercados por carinho e pureza, nada conseguia estancar a fonte do intenso sofrimento de Nick&Buck. Sangue composto de elementos atávicos de tristeza. A tristeza dos seres da mãe violada.

Até completarem 12 anos de idade, eles viveram no ambiente ascético e despojado, e simples. Da simples simplicidade, e sempre disponível, dos franciscanos. Da humana disponibilidade. No entanto, após esta idade não era permitido, pelo estatuto dos Capuchinhos Menores, manter crianças nas aldeias missionárias. A partir de então deveriam ser encaminhados para a vida conventual ou entregues à custódia do Estado para que vivessem em estabelecimentos de abrigo de menores, para adoção. Depois, aos 18 anos, se ainda não houvessem sido adotados, deveriam caminhar com as próprias pernas, aos desvãos do mundo.

Porém, quando completaram a idade, os irmãos decidiram fugir e viver na floresta, junto ao mato e junto aos bichos. Renegavam a ideia de viver numa aldeia missionária ou num abrigo do Estado.

Eram iguais a troncos ramosos da mesma árvore. E eles cultivavam os mesmos musgos, também irmãos. E os mesmos ninhos, que continham pássaros irmãos. E o mesmo gemido rouco, de irmãos, quando ventava. Conheciam um ao outro como se conhece a si mesmo.

Eles sabiam as mesmas canções, as de amargura, fossem alegres ou tristes. E cantavam, duas vozes como uma, as baladas de solidão. Eles se aqueciam quando vinha o inverno, e trocavam seus segredos em frente à fogueira. Com todos os segredos revelados, desfiavam, então, antigas lendas de paixão e morte. E de amores condenados. Quando não havia mais segredos nem lendas, repetiam, e repetiam as fábulas.

Acontece que gente assim, troncos siameses da mesma árvore, não tem paz. E o motivo principal é que não são livres. E não são livres porque repartem seus segredos.

Pessoas só são livres quando guardam para si os próprios segredos. Espalham por aí apenas segredos inventados.

E o que Buck mais desejava era essa tal liberdade. E ele também queria beijar uns lábios por aí. E queria tanto passear em alguns lugares tão distantes.

No fundo, no fundo, ele sabia que, para algo de interessante acontecer em sua vida, seria preciso se afastar de Nick. Ele sabia que, para ser livre, o tronco precisava se apartar da árvore. Precisava se apartar da terra.

Só que representaria uma espécie de morte, o tal tronco liberto. Morte e liberdade, muitas vezes, são gêmeos siameses. Buck sabia que seria como um fratricídio, porque, certamente, Nick não resistiria à dor.

Buck até já havia tentado outros recursos para não ter que dividir todos os seus segredos. Na minha opinião, ele até criou aquela dislalia para ver se despistava as conversas com Nick. Mas foi em vão. Nick conseguia traduzir todas aquelas frases subvertidas.

E é bem possível que Nick também tenha começado com aquele negócio de palavras babadas, lentas e escorregadias, com a intenção de dificultar o entendimento de seus segredos por parte do Buck.

Mas também foi em vão. Buck decifrava todas aquelas palavras meladas. E todas as tristezas. As incertezas. As fraquezas. E todos os momentos de júbilo. E sabia compreender também o que nele era sublime. O que era plenitude de anjo.

Sobretudo, soube decifrar a dimensão da força libertadora quando Nick conseguiu abandonar aquele negócio de bebida.

A boteja verde de licor de jaçanã, esquecida há tanto tempo sobre o móvel escuro de jacarandá, no mesmo prumo na garrafa, a cada dia, ano após ano, representava a verdadeira liberdade para Nick. Assim lhe bastava, e assim seria menos um que precisaria fugir para o mundo.

Contudo, para Buck, era preciso interromper a cadeia de seivas e lenhos e vasos e raízes que os mantinham, siameses, ligados no íntimo das carnes.

E assim sucedeu.

Buck praticou o fratricídio. Só que foi um fratricídio apenas figurado. É que ele foi atrás da tal liberdade. Mas logo percebeu que a tal liberdade não era simplesmente cortar as amarras.

O Sindicato dos Estivadores de Santos era a maior e mais importante organização corporativa de trabalhadores portuários do país. Deteve, durante muitos anos, o monopólio e o controle sobre a mão de obra avulsa na estiva. Historicamente, estas entidades eram dominadas por imigrantes, principalmente espanhóis galegos e portugueses provenientes dos movimentos sociais europeus.

A matrícula dos estivadores numa das vagas de trabalho era controlada, exclusivamente, pelo sindicato. Reserva de mercado. A condição para se conseguir alguma ocupação nas docas era ser sindicalizado.

Buck logo se deparou com essa conjuntura muito estranha. Aos trabalhadores não sindicalizados, os *bagrinhos*, não era concedida a contratação. Dependia do mecanismo da *sublocação*. Nessa modalidade de contratação o trabalhador sindicalizado pega a vaga para a jornada de trabalho, mas não a realiza, transferindo a tarefa para os *bagrinhos*, os não sindicalizados, ficando com uma parte da remuneração para si. Uma espécie esquisita de mais-valia.

Buck, não sindicalizado, não tinha o direito de participar da distribuição de vagas. A ele restava o papel de *bagrinho*. Na maior parte dos dias não conseguia trabalho. Caminhava a esmo pela região portuária, transitando entre marinheiros e prostitutas, já arrependido de seu desejo de liberdade.

Bagrinho da estiva, xepa, carregador de mala, biscateiro, sempre procurando um naco de comida para enganar. Foi para Santos disposto a arranjar uma viagem, mesmo que de grumete, para o oriente, Zanzibar, Panamá ou qualquer lugar longe daquele sempre-igual da cidade. E acabou ancorado nas atividades mais escórias da região do porto.

Esparro.

Fundilho puído.

Langanho.

Isca de manjuba.

Os dias eram assim: o céu eternamente nublado. Não havia mais cores. As flores eram rasas. Os pássaros, grisalhos. Os frutos, gorados.

Os sabores, inócuos.

Não havia, na vida, mais o frescor dos quintais. Nem os temperos das Índias Orientais.

Foi quando, vagando pelo terminal de passageiros, ele a avistou.

A Francesinha.

A mulher pequena, de fibras frágeis e tristes, carne quase sem vitaminas, caminhando ao tombadilho, descendo as escadas até o atracadouro. E Buck numa miséria da pior.

Mas quando avistou a mulher triste e franzina e fraquinha, assim delicada, Buck, mesmo na penúria em que vivia, foi tomado pela forte atração compassiva por tal moça assim fragilizada que chegara naquele navio. Sentiu desejo de oferecer flores, segurança e um olhar derretido. Mas estava na pior.

No entanto, naquele instante, ao avistar aquela mulher assim delicada, a paleta de cores se abriu sobre o tabuleiro. E aromas explodiram no prato do jantar. É como se uma cortina se abrisse, iluminando de sol a sala cinzenta.

Percebeu a aproximação de dois guardas alfandegários. Estavam de olho na Francesinha. Eram tempos difíceis. E todos pareciam subversivos naquele 1975. Talvez a figura inusitada, como uma artista mambembe de imagem perturbadora. Você sabe: carbonários costumam se disfarçar de artistas.

A moça, certamente, também notou a presença dos policiais, pressentindo que alguma coisa, talvez, estivesse dando errado.

Os dois policiais não eram exatamente pessoas que passavam desapercebidas em meio a uma multidão. O maior deles, e mais largo, carregava um quepe muito pequeno, pouco adequado ao tamanho de sua cabeça. Uns tufos de cabelo, eriçados, desbotados, escapavam pela aba do chapéu, tornando mais destacado o nariz proeminente.

O outro usava um uniforme amarrotado, como se tivesse sido recolhido diretamente de um balaio de roupas amassadas.

A moça, certamente, pensou rápido. Estava habituada a perceber o perigo. E então ela se aproximou de Buck, como se o conhecesse há muito tempo. Encontrou seu braço enfiado dentro do casaco surrado e o abraçou, como velhos conhecidos. Buck não tinha como acreditar no que estava acontecendo, a sorte parecia ter virado para o seu lado.

Tem muita gente que depende de nossa dor.

15\ JANIS-BOY

Happiness is a warm gun.

[João, II, III]

VALE DAQUELE RIO MANÁ.

Quem observa, olhando daqui, supõe apenas calmaria na paisagem, sob o denso nevoeiro enredado nos contrafortes da Serra Geral, ao amanhecer, no cenário que se descortina metros abaixo.

O acanhado vale daquele rio Maná é formado por uma faixa estreita de terreno arenoso empobrecido. Pequenas propriedades cobertas por solo depauperado, pelo uso inútil de fertilizantes e pesticidas, e frágil, pelo trabalho constante de aluviões. São sitiantes plantadores de cebola e donos de algumas vacas que pastam entediadas o dia todo e pingam leite talhado pela manhã. O bafejo que pontua das chaminés de barro identifica o pequeno povoado de casas esparsas.

Sacramento.

Fundada por um bando estranho de franceses utopistas, que foram, depois, dizimados pelos bugres da região. Ou grileiros ou madeireiros, não se sabe bem.

Só restaram alguns descendentes assustados, que continuaram morando em casas assentadas sobre vigas entrelaçadas de madeira e preenchidas com adobe. Casas de um melancólico tom cinzento misturado à névoa de toda manhã, com Galos dos Ventos roídos pela ferrugem, apontando, travados, teimosamente para o Nascente. Pouco menos de duzentos habitantes vivem naquele vale do rio Maná.

Gente de história perdida nas desventuras dos ancestrais. Gente vivendo dias sempre iguais. Infinitas manhãs cobertas de névoa fizeram inúteis os calendários. O tempo tornou-se sempre o mesmo, por parelho. Denso, calmo, quieto e, aparentemente, tranquilo.

Nada há que não tenha sido antes. Ou que não será um dia.

A estrada, no vale, estreita, cravejada de buracos, é vista, aqui de cima, como um filete ocre sobre o campo verde, e o rastro de poeira do caminhão que trafega com sua carga clandestina é o único sinal de movimento que se manifesta nesse início de manhã.

O rio serpenteia sobre o leito pedregoso das águas do vale. Aparenta calma e mansidão em sua laje, visto daqui de cima. De perto, no entanto, salienta sua alma de corredeiras, suas margens agitadas e o barulho intenso da explosão das águas contra as pedras.

Observando daqui do alto, um rio engana. Como a vida.

A manhã, aos poucos, abre os poros, absorvendo as cores do local. Fios de fumaça quase verticais, na ausência completa de vento. Mansidão. Se estivéssemos lá embaixo, certamente perceberíamos os campos ainda brancos da geada noturna desse inverno tardio, e o cheiro defumado de café na lenha dos fogões.

Pássaros cintilam cânticos, e galos anunciam o dia.

Dedos ligeiros espremem as vacas desde cedo, e o leite quente e espumoso, extraído, espirra na vasilha de latão. Nada será que não tenha sido.

Pouco antes, uma carreta velha F-600 sacoleja, rangendo a carenagem. A um passageiro eventual, parecia desfazer-se, como um barco velho sob os chutes da procela. Mas você conhece como ninguém os buracos das estradas de lá. Está acostumado com as lides dos caminhos poeirentos e pedregosos do vale. Conhece cada parafuso frouxo daquela carreta velha, assim como distingue qualquer ruído mais estranho no motor. A carroceria treme em seu madeirame desgastado, o estrado. A carga coberta pelo encerado empoeirado e puído, quase um andrajo. O motor V8 range como um porco estripado, rugido desesperado que, nesta manhã, bem cedo, levanta a cortina de poeira sobre os pastos e as casas. Pouco antes, ainda foi possível juntar, na estrada enlameada, o cão sem olho e sem perna, esvaindo-se em sangue, dilacerado pelas garras e dentes de algum animal noturno. Pelo menos estancar o líquido escarlate com o pano sujo de óleo.

Mas agora a dor está muito forte. Aquele maldito estilhaço na coxa permanece ardendo na carne em brasa, a pele em tisna. A ferida recém-cauterizada pelo vapor quente da pólvora. Mas a dor está muito forte.

Você mal consegue enxergar a estrada à frente. A névoa é densa.

Mas, pensando bem, até que pode ser interessante a presença de névoa assim tão densa nesta manhã. Ninguém o vê. É uma estrada vicinal de outra estrada vicinal, não mais que uma picada mantida rente por tráfego rústico rural.

Você manobra o caminhão até um platô junto à estrada. Dali conseguirá visualizar o vale e identificar se alguém se aproxima. A poeira é que dará o sinal.

A perna ainda dói. Estilhaços do metal estão alojados em algum ponto entre o osso e a carne. A dor já faz parte da paisagem.

Sim, de certa maneira a dor já faz parte da paisagem, como um fantasma que se confunde com a névoa da manhã. Como uma lembrança que não permite o passado se esvair. De certa maneira a dor é como o ar que agora você respira e não deixa lembrar da morte.

É impressionante como a mente divaga quando se está em meio a uma névoa tão densa, envolto pelas gotas de ar e água, como se estivesse numa espécie de céu. Parecem horas, os minutos. Quando se está assim nessa espuma espessa, um rastilho de bala alojado pouco acima do joelho, a dor renitente, os minutos não passam.

Ela já deveria estar aqui. Janis-Boy.

● ● ●

ELES ADORARIAM ENCONTRAR VOCÊ AQUI, NÃO É? DEPOIS DE TANTOS anos seria como uma medalha de aposentadoria para eles, não é?

Os tiras adoram estas honrarias ao final da carreira. Uma cabeça como prêmio. A cabeça de um delinquente qualquer, um rebelde, mas o ideal é que fosse a sua cabeça. Por que não? Aí sim eles poderiam esperar o final da vida em frente à televisão, a barriga inchada de cerveja barata e a sensação de dever cumprido. Como sempre sonharam.

As hienas riem sobre a carne que não mataram.

As hienas gargalham sobre a carne esquecida na ravina.

Mas é pouco provável que apareçam por aqui. Esta estrada perdida no meio do vale não é exatamente um lugar que eles gostem de frequentar. Este vale de sitiantes empobrecidos, sem dinheiro para algum tipo de propina e sem disposição para confusão. Então, este pode ser um lugar relativamente seguro neste momento. Afinal vão flagrar o que aqui? Briga de galo? Cachaça clandestina de zimbro? Num lugar como este ninguém tem grana para lavar as mãos da lei.

Num lugar como este, os policiais até poderiam tentar um butim, se quisessem. Expropriar todos os tonéis, extorquir os alforjes de apostas de rinha. Mas qual policial idiota iria querer chegar em casa com um galo velho lanhado e surrado? Qual policial otário iria querer beber daquela cachaça intragável?

Eles adorariam te encontrar nesse caminhão velho e enferrujado, parado na estrada, metido em mais uma encrenca. Mas é pouco provável que apareçam por aqui.

Faz muito tempo que eles estão no seu encalço, não é?

Ela já deveria estar aqui. Janis-Boy sempre foi pontual. O que teria acontecido?

Neblina como esta pode estar escondendo problemas.

• • •

O EX-PATRULHEIRO RUBY, NESTA MANHÃ EM PARTICULAR, PARECIA satisfeito. Nada a ver com a aposentadoria tranquila e tão desejada. Nada a ver com a possibilidade, tão ansiosamente planejada, de viver no sítio que conseguiria adquirir com as economias desses anos todos de trabalho. Criar os seus próprios galos de rinha.

O ex-patrulheiro Ruby Javert, supostamente, tinha uma bela família. Tinha uma mulher, linda e fiel.

Mas nem todos admitiam.

Tinha uma filha, a mais bonita e formosa.

Mas nem todos concordavam.

E o garoto seria o melhor *center-half*.

Só que não. Era tudo da boca para fora.

Ruby não tinha mulher, não tinha filhos, nem um cachorro sequer.

Ruby vivia de ilusões.

Às vezes se divertia com as meninas da Casa Verde. Elas lhe faziam agrado, proporcionavam instantes perfumados, momentos de água de cheiro. Elas eram alegres e dançavam lascivas.

O ex-patrulheiro Ruby, nesta manhã em particular, parecia satisfeito. A notícia já estava no ar.

"A gangue caiu."

O agente Filder Fiapo apurou todas as evidências.

A névoa densa começa a se dissipar, o sol já desponta. Mas não há como esconder a dor em seu rosto.

Cerca de duzentas pessoas ainda habitam as terras do vale estreito do rio Maná. Origem obscura, nomes franceses com rosto de bugres e cabelos claros e olhos azuis. Pequenos agricultores plantadores de cebola e a alma com cheiro de leite talhado. Conversam e rezam num sotaque impregnado de aspereza. Fricativa e cortante. Restos de uma língua ancestral.

Daqui do alto, quem observa o vale do rio Maná não imagina os acontecimentos que se desenrolam, em surdina, na mata cerrada e nos campos e nas casas do lugar. Já quem olha do sopé da montanha não vê nada além do verde da floresta pontuado, nesta época do ano, pelo amarelo e roxo das flores dos ipês que, como que ejaculadas aos poucos sobre o chão, preenchem as encostas com cores férteis, quase escandalosas.

Mas a dor...

Ela já deveria estar aqui. Janis-Boy já deveria estar aqui. O que teria acontecido?

Neblina como esta pode estar escondendo problemas.

• • •

QUE BOM SERIA TE VER AGORA, JANIS-BOY. TE ENCONTRAR AQUI, envoltos, nós dois, à névoa das montanhas. Poder te conhecer melhor. Longe dos negócios clandestinos, sem codinomes, sem disfarces. Seria bom subverter o destino. Uma sensação de poder. Como se quiséssemos enganá-lo, pregar uma peça. Fazer de conta que ele nem existisse, o destino, que não fosse senhor das vidas. Dar vazão à paixão, entregar-nos aos olhares furtivos e ao coração acelerado. Imaginar o que poderia ter sido feito de nossas vidas se nos livrássemos daquele mundo escondido. Mas jamais pensaria que esse momento pudesse acontecer justamente num lugar como esse. Numa situação como essa.

É isso mesmo. Este não parece ser o melhor momento. Que situação! Um caminhão velho perfurado de balas, estilhaços de vidro por todo lado, o chão vermelho de sangue e um cachorro estrebuchado, recolhido na estrada, envolto num pano sujo de óleo. O rosto e a roupa encharcados de suor, a dor faz o corpo reagir. De vez em quando um calafrio. Os dentes rangendo de frio. A dor está muito forte. A febre, os lábios escancarados da ferida.

Frio e calor. Frio e calor.

Este encontro tão esperado! Como um encontro à beira do céu. Acertar os ponteiros. Passar a limpo algumas coisas que ficaram para trás. Essas coisas mal resolvidas que permanecem soterradas durante a vida sob pesadelos e noites tortuosas. Às vezes é difícil falar quando a dor aperta. Mas é um momento raro demais para ser desperdiçado.

Sobrevinham novamente os suores e os calafrios. Será que não é melhor procurar um médico ou algo assim?

A dor apertava sim, não dá mais para disfarçar. O seu rosto era a dor. Como um coração lacerado que pulsasse na perna, bem no centro da ferida. E o suor, que aflorava como um vulcão gelado! Calafrios!

Isso tinha de acontecer logo agora? Justamente quando nos encontraríamos, a sós, depois de todos estes anos clandestinos? Todo esse tempo no qual cada um de nós tentou se esquecer da sua parte do passado. Em que cada um de nós sonhou o seu próprio futuro.

A névoa toma conta da montanha, não se vê um palmo à frente. Aquele maldito policial e a rajada!

Você se lembra bem da primeira vez. A primeira vez que fez o serviço.

O velho caminhão Ford F-600, no pátio abandonado, numa área próxima à Central de Abastecimento e Armazéns Gerais. O maior centro de comercialização atacadista de perecíveis da região. Até que não foi difícil encontrar o local e chegar até lá. Apesar do longo tempo transcorrido desde sua fuga da cidade, o centro de distribuição de produtos agrícolas ainda permanecia no mesmo bairro da periferia, só que, agora, exponencialmente maior. Entretanto, ainda guardava um certo aspecto rústico e rural. Quem segue adiante na estrada que passa em frente à Central de Abastecimento se depara com terras de pasto e pequenas plantações, que desembocam, mais adiante ainda, no vale do rio Maná. Essa região você conhece bem; afinal, era por ali que você transportava cebola e batata na época da safra.

Boss havia transcrito a coordenada do local. Um mapa cuidadosamente desenhado, na última página da caderneta de endereços escondida sob o banco do caminhão. As recomendações eram expressas: aguardar na cabine até que uma garota de codinome Janis-Boy lhe procurasse. Isto deveria ocorrer exatamente às cinco da manhã, ainda antes de o sol nascer. A partir daí Janis-Boy comandaria as ações. Seria uma tarefa simples, bastava aguardar no local.

Boss salientou: antes, porém, à meia-noite, você deveria se dirigir à borracharia Rei da Lona, na beira da estrada, e estacionar o caminhão para ser abastecido com a carga a ser transportada.

Assim sendo, pouco antes, às onze e cinquenta, conforme o planejado, você estacionou na borracharia. Alquebrada, na beira da rodovia federal, ali havia um acanhado galpão de madeira cuja dimensão permitia justamente a entrada do caminhão. Era o local indicado por Boss para o carregamento. Situação estranha e tensa. Mas logo você se acalmou e ficou um pouco mais tranquilo quando avistou Boss. Ela o aguardava, entre os pneus velhos. Era uma noite clara, a lua iluminava amplamente os campos que bordejavam a rodovia. Theodosia Boss parecia mais bonita e atraente agora do que no primeiro encontro, na livraria. Morena e clandestina. Vestia uma camiseta mais justa no corpo, o que salientava suas formas. Os seios formavam uma sombra de contornos, sob a luz da lua, e pareciam querer libertar-se da malha. Lábios carnudos, agora perceptíveis em sua boca decidida, comandavam as ações. Ela, à frente, organizava o arranjo dos produtos entre os feixes de cana-de-açúcar, e a colocação dos fardos na carroceria do caminhão.

Você não compreendia bem o que estava acontecendo. Um encanto proibido, como no adolescente que descortina uma aventura.

Duas mulheres, sob o comando de Boss, ambas também trajando roupas militares, realizaram o serviço. Eram mulheres fortes, entroncadas, provável origem alemã, ou eslava, você imaginou.

Pareciam habituadas ao trabalho pesado. Carregaram o caminhão sem demonstrar muito esforço ou dificuldade. A carga tinha sido envelopada, cuidadosamente, por entre os fardos de cana-de-açúcar. Supostamente, seria um carregamento destinado às praias e que adoçaria as bocas dos turistas nos quiosques de garapa. Poucos sabiam, no entanto, que o conteúdo acondicionado na carroceria não era assim tão doce quanto um tolete de cana.

A partir daí caberia a você dar os próximos passos, e realizar a entrega do material com cuidado e segurança. Sem perguntas.

A estrada estava tranquila nessa hora, e desenhava uma linha reta sob a imensidão do céu. A claridade da noite facilitava a visão dos campos que se espraiavam ao lado, como um mar tranquilo de verão.

Neste horário, uma da madrugada, os policiais rodoviários já estavam no segundo sono. O motor do velho caminhão urrava como um urso noturno no leito do asfalto, apontando seu focinho furioso em direção à cidade.

No entanto, uma sensação estranha tomava conta de você, dava para perceber. Tantos anos depois estava retornando à *sua* cidade que, em vão, você tentou apagar da lembrança. Tem coisas que permanecem intactas na memória, fixadas como ostras na rocha. O cheiro de mar e maresia, que exalava das pedras de mariscos. As loucas flores, lascivas, do jasmim-estrela nas noites brilhantes de verão. Os cães de urina das ruas escusas. Os bares de fritura e pastéis, na madrugada incandescente. O cheiro de uma cidade é inconfundível, porque é uma mistura de aromas, única, não reproduzível, de amores e podridão. Uma cidade é feita de calçadas e esquinas, de muros de musgo e reboco, onde as almas se cruzam, se esbarram e se tocam em encontros efêmeros de passos apressados. As cenas, frutas sensoriais, sucediam-se na tela do pensamento, como um cinema louco, mudo, sem atores, sem roteiro, os fotogramas colados em sequência aleatória.

• • •

FAIXAS BRANCAS, TRACEJADAS, DELIMITAVAM A RODOVIA.

Olho de gato.

Animal morto, esmagado. Vida que é fugaz.

Índios caminham, em êxodo, cabisbaixos, seguindo pelo acostamento, com suas trouxas e cestarias, à sombra da lua cheia.

Saída 77.

Vê-se o velho caminhão, que deixa a autopista, à direita, seguindo pela via marginal. Placas de trânsito, pichadas. Edificações em ruínas, escombros da periferia. Monturos, montanhas sedimentadas de lixo. A paisagem agora já se transformara. Não era mais a paisagem rural com a qual você se acostumou, depois de todos esses anos. À medida que penetrava a região metropolitana, deparava com um cenário cada vez mais desolador e sinistro. Centenas de homens e mulheres, crianças, velhos, pessoas cinzentas e esmaecidas na noite indigente, perambulavam sem rumo, como almas plasmadas, sem pouso.

A cidade das sarjetas e dos esgotos se descortina, sitiada na realidade de um país que não deu certo. Concretizadas as perversas profecias, que os delirantes profetas vociferavam, os anjos de língua ferina que lançaram lanças e lâminas de fogo. O deus louro e vingativo que não topou a parada, exausto de infindáveis e inúteis perdões.

Ratos, abutres e meninos no quintal da vida.

Monturos dos dias.

Bocas de fogo, milhares, incensando a combustão da matéria, o chorume, que envenena as terras baldias. Ao redor, a triste manada do fim do mundo, animais esquálidos enrolados em cobertores velhos e fedorentos, amontoados e sem voz.

Seria essa, afinal, a utopia?

O local indicado por Boss, um terreno acoplado a uma praça em ruínas, próximo à Central de Abastecimento. Você manobra o velho caminhão e estaciona. Enquanto mediava as horas, segundo a segundo, esperando o momento combinado, observa, da cabine, as cenas no entorno do pátio. Terrenos sitiados, com milhares de seres, como uma manada faminta, doente de purgas e pústulas e nuvens de moscas. Quinze anos, provavelmente, é muito tempo! A cidade que você tentou deixar para atrás, em busca de algo que até hoje não sabe bem o que é.

— Correu tudo bem?

Uma voz firme e doce atualizou a cena, liberando o pesadelo.

— Sou Janis-Boy. Vim pegar o carregamento.

Era uma voz de garota.

Tinha o cabelo cortado rente, com uma crista de índio moicano no cume. Um dente de ouro na frente. Um aro espetado no nariz. Cicatriz no queixo. Um olhar faiscante sob a balaclava.

Vestia um macacão de brim muito largo, talvez uns quatro números maior que o molde de seu corpo. Uma bota militar surrada, de cano longo, acolhia as barras das calças.

O lenço negro envolvia o pescoço.

Janis-Boy soprou um assobio de língua, que ecoou nos desvãos dos terrenos. Alguns daqueles seres entorpecidos, que perambulavam como zumbis no entorno, olharam, embotados, e em seguida voltaram-se à posição inicial. Cães latiram.

Atendendo ao comando, cinco mulheres se aproximam de Janis-Boy.

— Comecem a descarregar! Levem os fardos para o galpão!

Da cabine, pelo retrovisor, você pode perceber o rápido trabalho realizado por aquelas mulheres. Retirar os fardos de cana-de-açúcar da carroceria do caminhão e levar para o galpão. Serviço pesado esse.

Eram garotas também, suas formas não enganavam, mesmo trajando roupas brutas, masculinas, como as de Janis-Boy.

Os fardos foram levados a um galpão. A placa sobre a porta de entrada indicava que ali *deveria* ser um centro de distribuição atacadista de cana-de-açúcar.

Todo o trabalho foi realizado em pouco mais de quinze minutos.

Janis-Boy fez um sinal com os dedos, informando que o serviço estava terminado.

Seria o primeiro de muitos carregamentos de fardos.

Sem perguntas.

Olhar faiscante sob a balaclava.

● ● ●

DEZ DIAS SE PASSARAM RÁPIDO. MAS AS CENAS PERMANECERAM nubladas. Como se fosse um sonho, uma realidade desvirtuada nas esquinas da mente, uma boa névoa.

Tudo tinha realmente acontecido? Aquelas mulheres estranhas, trajes marciais, como soldados em serviço, carregando os fardos de cana-de-açúcar, acondicionados na carroceria do caminhão. Um carregamento secreto embalado entre os feixes.

No entanto, os olhos faiscantes de Janis-Boy ficaram cravados em sua retina como um sol brilhante. Havia um sentimento que dominava, e você não conseguia identificar bem o que era. Havia sido assim com Mariinha, naqueles anos floridos.

Janis-Boy surgia de novo na cabeça. Aparecia assim, de repente, e não tinha jeito de esquecer. Sentado, numa tábua qualquer, certamente pensando no significado de tudo aquilo. Por que ela surgia na mente, assim do nada? Qual o segredo naqueles olhos de guerrilha?

Na verdade, você andava encanzinado com aquela mulher, pensando o dia inteiro naquela mulher. Essas coisas são assim. O pensamento já começa de manhã bem cedo, o dia surge e o sujeito não consegue fixar em outra coisa. Uma obsessão por aqueles olhos faiscantes. Você nunca viu seu rosto, seus lábios, nunca viu seu corpo fora daquelas roupas largas. É impressionante o que um par de olhos pode fazer com a cabeça de um homem.

Falando sozinho: "Olha, cara, não estou dizendo que o meu pensamento em Janis-Boy era alguma coisa física, ou algo assim. Não. Não é porque você está pensando numa mulher que precisa ter um pensamento sexual. Acho que é uma mistura de tudo. Mistério, por exemplo. É nos olhos das mulheres que a gente percebe o sinal de algum segredo, e aí a gente parece que quer desvendar o conteúdo e fica pensando o tempo todo nela. Nos olhos a gente descobre a fortaleza da mulher. E quanto mais ela desvia o olhar, quando ela parece não querer fixar, como uma criança tímida, quando ela tenta esconder sua força, aí é que você pode desconfiar de sua fragilidade. A tonalidade da voz. Voz é uma coisa que atrai muito numa mulher. Poderia até dizer que é um sopro meio doce, mas talvez esteja forçando um pouco. Mas que é suave a voz de uma mulher, isso é. Não. Não é que você precisa ter um pensamento físico quando está pensando o tempo todo numa mulher. Mas às vezes também é. O formato dos seios, por exemplo. Isso sempre é uma coisa que marca. Não sei se é uma coisa meio psicanalítica, mas o fato é que marca o pensamento da gente mesmo. E olha que não estou dizendo que a mulher precisa ser bonita para fixar o pensamento da gente. Pelo menos esse tipo de beleza que todo mundo chama de beleza, assim das manequins, das capas de revista, essas coisas. Mariinha, por exemplo. Mariinha era a coisa mais linda que eu já tinha visto. Pelo menos para mim. Só que ela tinha aquele pescoço meio para o lado, um tal de torcicolo congênito ou algo assim. Mas era a coisa mais linda que eu já vi. E tinha muita vida a Mariinha. Sabe quando uma pessoa tem muita vida? Ela sempre parece bonita. Ela tinha muita vida. Ela sempre se empolgava muito quando falava e ela gostava de falar dessas coisas meio orientais, *krishina*, coisas zen-budistas e ela falava que o sofrimento da vida podia ser superado desde que a gente largasse mão do apego nas coisas. Desde que entendesse que tudo no mundo é assim muito passageiro e que não ficasse muito fixado nas coisas materiais. Ela se empolgava muito também quando falava sobre alimentos. Quer dizer, *um* tipo especial de alimento. Céus, como ela se empolgava quando falava de grãos e cereais e leguminosas e *yin* e *yang* e essas coisas. Quando ela falava assim empolgada eu ficava de boca aberta, só olhando para ela e achando-a a criatura mais linda que já vi. E ela vivia lendo também. Ela se empolgava e lia em voz alta os poemas da Emily Dickinson e até do Pessoa. Eu até que achava o Pessoa um pouco chato. Mas isso não quer dizer que eu não o achasse genial, até que ele era genial, mas só achava ele um pouco chato. E ela também declamava umas coisas em português de Portugal. Florbela Espanca. Eu também não estou dizendo que uma mulher precisa ser culta ou intelectual ou coisas assim para fixar o pensamento da gente. A Mariinha, por exemplo. Ela era uma garota para lá de inteligente, mas era uma pessoa muito leve. E eu não estou falando do peso dela não. Ela também era bem leve de corpo. Era muito pequenininha, tinha ossos de passarinho, isso é verdade. Mas eu estou falando de a pessoa ser leve no seu viver, leve de alma ou algo assim. Parecia que ela estava sempre flutuando, quase como um anjo; e parecia também que ela era quase transparente, quase como um lençol de cambraia no varal. E aí não tinha como não ficar pensando nela o dia todo."

Continuando a falar sozinho: "Quem escolhe a solidão deve assumir todos os riscos da solidão. Qualquer ar de liberdade, na solidão, é sempre clandestino. E parecia que agora eu estava respirando um ar clandestino mesmo. Tinha alguma coisa em Janis-Boy que fixava meu pensamento, mas eu não sabia bem o que era. Só sei de seu olhar faiscante. Não é que eu não desejasse alguma coisa física, acho que eu desejava mesmo. É. Eu desejava mesmo. Pudor entremeado por devassidões. Mas isso para mim era meio arriscado. Depois desses anos todos de solidão isso era meio arriscado mesmo. Até agora estava bom assim. Acho que eu tinha era receio de não dar conta do recado. Você sabe, essa coisa física. Um sujeito envelhecendo, já meio enrugado, cheio de manias, como é que ia dar conta do recado?"

E era um tal de falar sozinho: "Mas assim do nada deu uma baita vontade de conversar com ela, e ficar com ela perto de mim, sair só um pouquinho da solidão. Aqueles olhos faiscantes pareciam um ímã de atrair desejos. Boss nunca mais me procurou para fazer um serviço daqueles. Aí sim, eu poderia reencontrar aqueles olhos faiscantes."

Ela já deveria estar aqui. Janis-Boy já deveria estar aqui.

Dia de chuva.

Dia de vento.

Dia de chuva.

Dia de sol.

Dia de sol.

Dia de chuva.

E dá-lhe falar sozinho: "Não é que eu não estivesse triste, até que estava bem triste. Mas, de certa maneira, já estava acostumado com a desilusão. Mariinha, por exemplo. Teve um dia, assim do nada, em que ela resolveu cair fora. Ela até que foi bem sincera. Disse que precisava respirar novos ares e que eu não deveria entender isso como algo pessoal, ou coisa assim. Disse também que eu não deveria me apegar tanto às coisas do mundo e que tudo é impermanente. Não sei de onde a Mariinha tirava essas palavras, mas era assim que ela dizia."

"Eu sei que tudo é impermanente, mas precisava ser assim tão de repente?" Foi assim que eu escrevi no meu caderninho de notas. "Sofrimento Zen". Mas acho que não consegui me desapegar totalmente não. É muito difícil para uma criatura ocidental, assim meio cristã, deixar de se apegar às coisas. Mesmo que a pessoa não seja totalmente cristã, mas só um pouco cristã. Não estou dizendo que o Cristo tenha dito para os seus discípulos se apegarem às coisas. Pelo contrário. Ele até *tentou* mostrar que as moedas eram do mundo de César, e não do mundo de Deus. E que os mercadores do templo, com seus sestércios, estavam no lugar errado. Ele até que dizia para o pessoal não se apegar a este mundo terreno, que haveria outro mundo, mais celestial, e que alguns estariam nesse outro mundo ao lado de um senhor de barbas. Mas é aí que estava o problema. Ele acabou criando uma fixação muito grande a esse mundo imaginário e perfeito e celestial, e isso foi uma coisa que marcou muito os ocidentais. Marcou demais. Não quero dizer que ele realmente teve essa intenção, mas é o que acabou acontecendo. Nem sei se realmente foi ele quem disse tudo isso, mas sei que teve um pessoal que escreveu isso tudo no Livro, mas foi um pessoal que escreveu tudo isso muito tempo depois e aí pode ter tido um pouco de exagero por parte deles, você não acha?"

Mas daí alguém bateu à porta, assim do nada.

Boss!

— Seu serviço foi muito bem-feito. E eu vou continuar precisando dele.

— Certo, entendi. Então você quer que eu transporte uma nova carga igual àquela?

— Sim, precisamos adiantar alguns planos. As coisas podem ficar um pouco quentes por aqui...

— Quentes?

— Ãhã

— Tem fogo?

Theodosia Boss acendeu o cigarro da cena clichê, ainda deitada, o corpo macio e nu sobre a esteira de taboa. Enquanto vestia sua roupa de guerrilheira, calcinha camuflada, camiseta vergo-musgo sobre os seios, botas, boina com a estrela, ela começou a falar de negócios, como se nada houvesse acontecido entre vocês durante a noite estrelada.

— Preciso contratar outro carregamento.

— Como?

— Apenas apareça, querido! Sei da sua competência. Você sabe o local do carregamento. A borracharia na beira da estrada federal. O Rei da Lona. Muito bem remunerado.

— Janis-Boy também estará na operação?

— Sim, ela comandará a retirada da carga. Só que, desta vez, o local de descarga será outro. Um galpão camuflado, como se fosse um estábulo na estrada do rio Maná.

— Bem, estarei lá na borracharia à meia-noite.

Mas nós sabemos que você queria mesmo era oportunidade de encontrar com a garota dos olhos faiscantes. Janis-Boy.

Boss deu um beijo molhado em sua boca e comandou:

— Amanhã, no mesmo horário e lugar. A borracharia.

Fez uma breve pausa e ainda alertou:

— E você sabe: nada de perguntas!

As mulheres são muito objetivas quando se trata de negócios.

• • •

VOCÊ TAMBÉM TINHA SEUS PLANOS: SERIA A ÚLTIMA MISSÃO. NINGUÉM sabia, mas vocês andavam se encontrando e parece que planejavam uma fuga, uma nova vida. Depois da retirada da última carga, Janis-Boy combinou de encontrá-lo na estrada do rio Maná, no alto da montanha, nas primeiras horas da manhã. Vocês, então, livre das amarras e dos ofícios clandestinos, seguiriam até o Paraguai, onde inventariam uma outra vida, a dois.

No entanto, tudo ocorreu de forma muito estranha.

A tarde era quente. Mormaço ardendo no verão implacável naquele forno formado no baixio do vale, talhado entre as encostas das montanhas, e que impedia a circulação dos ventos.

Seguindo as orientações de Boss, você parou por instantes perto de um barracão para sondar se tudo estava tranquilo na região. Era preciso se precaver de qualquer risco de emboscada.

Você entrou. Era um local de rinhas de galo.

Mas, cara, o que era aquilo? Você conhecia aquele sujeito. O Padre Mirândola, ele próprio. O juiz da rinha, o organizador da liça. Sempre desconfiei um pouco de suas intenções. Dizem que ele andava aliciando os pequenos proprietários para que vendessem suas terras a preço de banana. Dizem que tem a ver com a descoberta de berilo na região. Como um sacerdote de *Mamon*, ele conseguia dominar os adoradores. A quem ele servia?

Com um calor como aquele, no galpão, os galos estavam alucinados, sedentos de jugulares. As penas eriçadas no pescoço, as esporas escamosas e afiadas. O fedor almiscarado das glândulas, sambiquira espocando óleo. O suor viscoso dos apostadores, maníacos e delirantes. O ambiente contaminado de um miasma repugnante. O ringue da rinha empapado de sangue, penas flutuavam no ar.

Homens berrando e salivando seus instintos mais primitivos, escorrendo suas babas salpicadas por torresmo e cerveja. Olhos intumescidos de apostadores compulsivos em pleno transe. A roupa suarenta encharcada pelo calor infernal no interior do galpão de madeira e zinco. O cheiro de esterco que vinha do estábulo ao lado catalisava ainda mais a repulsa.

É um local asqueroso. Acho que seria o último lugar onde alguém pensaria em estar, mesmo num enfadonho domingo à tarde, depois do culto modorrento na capela, pela manhã, onde não muito mais do que dez almas glorificaram o Senhor, e entoaram cânticos com sotaques de poloneses católicos. Lavradores, uns com os rostos amarelos de anemia. Outros com bochechas vermelhas, e os narizes e os olhos pletóricos. Pernas inchadas das varizes de todo dia, e as feridas de mosquito ao redor.

Os galos magrelos e irritados, enfurecidos de morte, sangrando as jugulares, sem opção. Rolam as apostas, como a dois pugilistas raquíticos. Sei o que move tudo isso. Não é exatamente o dinheiro, algum trocado para quitar a conta do *schnapps*. Voga muito mais a emoção da aposta, o risco. Um homem precisa de um pouco de emoção, o jogo é a imprevisibilidade necessária. Tudo o mais é tão presumível neste mundo. O sol, a chuva, o inverno, o tempo das sementes, o tempo das colheitas, o sol, a chuva, a seca.

Mas, num outro sentido, o que move tudo isso é a doença, a doença de não conseguir enfrentar a própria luta interior. De todo modo, todos nós precisamos de um ponto de fuga. As horas de dor são longas e precisam ser vividas de alguma outra maneira.

Há os apostadores e há os criadores dos galos. São coisas diferentes.

Do lado dos criadores, o confronto é entre os homens. É só na aparência que os galos se enfrentam. É apenas um motivo. Na verdade, a intensa disputa, entre os criadores, é pela supremacia naquele coliseu de zinco. E, para isso, gastam grande parte de seu tempo e de seu dinheiro no cuidado primoroso dos pupilos, o que envolve dietas especiais, treinos, massagens e banhos revigorantes.

Veja ali o treinador do galo ferido, no canto do ringue, entre um round e outro, tentando levantar a moral do lutador. Mas o seu galo já não aguenta mais, está sem forças, a autoestima lá embaixo, e o maldito treinador soprando no seu bico, colocando toda a cabeça do galo em sua boca, sugando e soprando o ar numa desesperada e inconsistente tentativa de despertar o mínimo de força naquela ave exaurida.

O animal é empurrado novamente para a rinha, contra sua vontade. Tenta sobreviver e aguentar, pelo menos, mais um round.

Já do lado dos apostadores, delírio pelo retorno do morto-vivo. Na volta à luta, colocam-se em quase silêncio, acompanhando, com o corpo, o movimento dos animais. Com gestos, sem palavras, os pervertidos apostadores estimulam e motivam o seu preferido. Sangue, é o que desejam!

São como todos os homens do mundo, só que em pequena escala.

Lutando pela vitória e perdendo.

Lutando contra o tédio e perdendo.

Lutando contra a morte e perdendo.

Qualquer vitória é provisória, sempre será superada.

A tarde segue ardente no galpão das almas.

Termina a primeira luta do cartel. Eram galos mirrados, criados em quintais baldios, alimentados a milho seco e caroço de bedoejo, e sobras da refeição da família.

Por volta das três da tarde, ouve-se, lá fora, o espocar de fogos. A caravana estava chegando. A caravana da peleja principal do cartel. Os galos franzinos e atrofiados são retirados da arena e, como num circo, os mata-cachorros limpam o chão do tambor de rinha, retirando os restos de sangue e penas, reagrupam as banquetas e reforçam as amarras.

Afastado cerca de meia milha do galpão, encontra-se o estábulo que camuflava o esconderijo. Ali, o local marcado para desova do material. Você e a carga clandestina.

Tudo seguia conforme o planejado. Ruby, o tal caçador de recompensas, jamais meteria a cara de capivara num lugar como aquele! Ele estava ao encalço, mas o maldito Ruby realmente não apareceu por ali. Nessa hora, por certo, estaria com as meninas na Casa Verde.

No entanto, quem aparece: os federais foram avisados. Alguém deu com a língua nos dentes. Sempre tem alguém assim. Sempre tem um Sargento R.

Pois é. Foi daí que você resolveu sair do galpão. Os federais já chegaram atirando. Mal deu tempo de embarcar no caminhão e dar a partida, e a rajada começou.

— Senti uma batida na perna, uma fisgada fina, que logo começou a doer. Ardia.

Peraí, cara. Sua calça está toda ensopada de sangue. E isso não é nada bom!

— Estou só um pouco tonto.

Acho que seria legal procurar um médico.

Mas parece que você decidiu aguentar e seguir com o caminhão até o local marcado com Janis-Boy na montanha. Seguiriam em direção ao Paraguai. Toda essa vida clandestina ficaria para trás.

A dor vem e volta. Em alguns momentos torna-se quase insuportável. E os delírios de febre em seguida. Desvarios. Momentos de deleite e purificação. Unção. Sagra viático.

Está tudo muito confuso agora.
Janis-Boy já deveria estar aqui.
Ela sempre foi muito pontual.
Será que algo deu errado?

FONTE Alda
PAPEL Pólen Natural 80 g/m²
IMPRESSÃO Paym